纵有疾风起
人生不言弃

〔人生家庭〕

《读者·原创版》
编辑部◎编

甘肃文化出版社

图书在版编目（CIP）数据

纵有疾风起，人生不言弃 / 《读者·原创版》编辑
部编. -- 兰州：甘肃文化出版社，2018.12
ISBN 978-7-5490-1743-0

Ⅰ. ①纵… Ⅱ. ①读… Ⅲ. ①故事－作品集－中国－
当代 Ⅳ. ①I247.81

中国版本图书馆CIP数据核字(2019)第001532号

纵有疾风起，人生不言弃

《读者·原创版》编辑部 | 编

责任编辑 | 甄惠娟
封面设计 | 马顾本

出版发行 | 甘肃文化出版社
网　　址 | http://www.gswenhua.cn
投稿邮箱 | press@gswenhua.cn
地　　址 | 甘肃省兰州市城关区南滨河东路520号 | 730000（邮编）

营销中心 | 王　俊　贾　莉
电　　话 | 0931—8454870　8430531（传真）

印　　刷 | 北京温林源印刷有限公司
开　　本 | 800 毫米×1100 毫米　1/32
字　　数 | 132 千
印　　张 | 7.25
版　　次 | 2018 年 12 月第 1 版
印　　次 | 2019 年 1 月第 1 次
书　　号 | ISBN 978-7-5490-1743-0
定　　价 | 29.80 元

我喜欢拍天空

天空其实只是背景

画面的主角可以是高楼的一角

可以是树上的一朵花

若我寒冷，
有人会为我披上衣衫。

若我迷路，
有人会带我步入归途。

天空 太 舒适

汪出了　一大片　的蓝

目　录

当我们年岁渐长，开始独立生活，才惊觉要应对的困难太多。

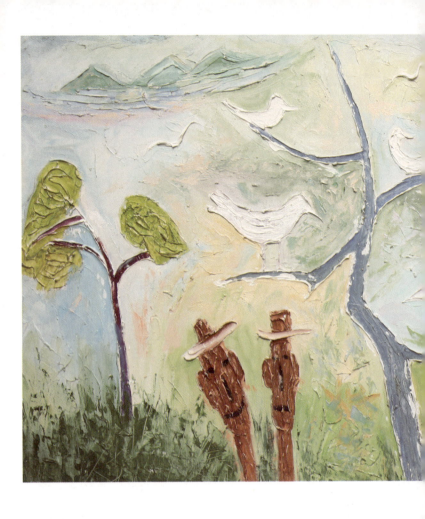

生活方式终究要有点儿变化，

没人逼着变，

自己也要变。

绣花的爹娘

虹珊

在他们的注视下，我却一点儿也不敢回头，只能顺着时间的方向，带着他们用心与魂绣出的花朵，往前走，再往前走。

以为他们会吃不香睡不稳，会觉得孤单寂寞，会衣带渐宽，但这些令人担心的现象并没有出现，除了偶尔的情景联想，竞猜一下他们曾经生活了70多年的村庄之现状，两个古稀老人似乎都是祥和甚至愉快的。

　　两年前，他们坐在大包小包的生活物品中间，被我们运到了新的村庄。新村庄距离我居住的城市不足20公里，人烟稠密，水草丰美，田园广袤，不仅有人工渠傍村而过，而且出门不足50步，便能与小溪相遇，与位于深山老林且吃水艰难的老家相比，实在好太多了。这里是苏浙水乡。

　　两个人对新村庄啧啧称赞，但我们对老家的挑剔也招致了他们的严重不满。父亲说："任何时候，人都不能忘本，老家再不好，也养育了你们十几年。"母亲什么都不说，但手里的活，全都是依着老家的规矩打理：柴火灶炒菜，柴火炉煮饭，开水用铜壶慢慢烧开，洗碗用食用碱缓缓浸泡，做豆腐用石磨细细地研，炒花生用河沙柔柔地焙。那些亮锃锃的电器，我们刚拎回去时，母亲会真心实意地观赏一番，但之后就毫不客气地将它们打入冷宫。

种地也是。先要用锄头除尽杂草，接着将每个土疙瘩逐一粉碎，把地精心梳上好几遍，然后再直直地起垄，一行行撒上沤好的粪，最后才撒种。新村庄的人觉得惊讶，每每经过，总要停下来看两个老人劳作，离开时，免不了要诚恳地奉劝他们说："化肥、农药、除草剂这三件宝，一下子就能把地管好，你们都这么大年纪了，还把种地当绣花，何苦呢？"新村庄的人也很热心，有人将拖拉机、收割机"突突突"开到他们面前说："用我的机器吧，多省事。"两个人却一律笑呵呵地谢绝了。

养鸡更是。在新村庄，在我们的强烈反对下，他们终于不再养猪了，但养鸡却是必需的。每天清晨，他们都要将萝卜、白菜、红薯、南瓜藤剁得碎碎的，掺上玉米面煮熟，再撒上少量的沙子，拌匀后倒进鸡槽。下午，他们会将许多鲜嫩的草整筐整筐地倒进鸡舍里，让鸡们尽情地扒拉啄食。当然，仅止于温饱显然是不够的，隔三岔五，父亲还会把他的二胡拿到院子里，悠悠然拉上一阵，让鸡群充分享受乡村音乐。在如此这般的照料下，15只鸡只要一看见他们，就会从鸡舍的各个方向撒开翅膀，争先恐后地向他们奔来，一只只都自信美丽得像花孔雀。

逢节团聚，家里的几个孙辈总要亦步亦趋地跟在他们身后，看他们琐琐碎碎地忙，可终究没看出头绪来，不就是喂鸡吗，为什么还要扔草、拌沙、拉二胡呢？父亲得意地说："草里有虫，虫子可以提供蛋白质；掺沙嘛，是为了让鸡蛋更结实；至于拉二胡嘛，自然是为了让鸡娃们更高兴，高兴了就会下更多的蛋。"母亲接口道："这样你们才能吃到最好的……"还没说完，她就赶紧掩了口，但我们每一个人，都听懂了她隐下的那些话。

相聚匆匆，很快我们就开始陆续返城。两个老人把平时积攒的纸盒和包装袋全部拿出来，给我们分装豆腐、青菜、土豆、鸡蛋、糍粑等各种各样的自产食品。我们说吃不了这么多，别装了，可他们倔强得像木头，恨不得把整栋房子都塞给我们。临走前，趁着天黑，我悄悄把鸡蛋放回厨房，要知道，已经谢了窝的那群鸡，无论怎么精心喂养，一天最多也只能捡回一个蛋。可是没容我走多远，他们的电话就追来了，只好返回。母亲说："傻囡，我们到这里来住，不就是为了方便你们拿东西？你们这不要那不要的，我们不是白搬家了？"她依然掩着口，但还是坚持把话说完了。不久前，她右边的一颗牙脱落，她以为难看，不免羞涩，所以每次说话，总要拿手遮挡。

除了接受，我没有别的选择。正在目送我们的那两位老人，为了让儿女享受到世间的美，他们倾尽一生，把土地当花绣，把日子当花绣，把生活里的每个细节都当花绣着。可是，一年又一年，每当从包裹我的温暖岁月中醒来，我都会看见，他们的目光又暗了一寸，牙又掉了一颗，发又白了一缕。

在他们的注视下，我却一点儿也不敢回头，只能顺着时间的方向，带着他们用心与魂绣出的花朵，往前走，再往前走。

那一刻，我完全原谅了父亲拿着一根蜡条，将我和姐姐追得满院飞跑时的暴躁。

冬夜编筐

安宁

冬天，村里的女人们忙着编席子，父亲则将蜡条（白蜡树的枝条，白蜡树是我国北方重要的编条用材树种）娴熟地掌控在双手之中。

房间因此变得拥挤起来，就连我写作业都没了地方，只能搬到昏暗的卧室里，打开电灯，或者点上蜡烛，奋笔疾书。透过房间的窗户，我看到父亲的影子落在墙壁上。

那影子被舞动的蜡条包围，虽然瘦削，却有不怒而威的力量感。我觉得父亲即便老了，也一定像粗壮的蜡条一样，"嗖"的一声抽过去，就能在水泥地上留下一条深深的印记。

蜡条在灯光下的堂屋里明显有些施展不开手脚，于是它们时而碰到了灯泡，让满屋子都是飞旋的影子；时而落在水缸的沿壁上，发出清脆又寂寥的响声；时而将挂在绳子上的毛巾扯下来，又甩到洗脸盆里。父亲尽力收拢它们，但无奈蜡条太长，而房间又太小，总也无法将它们彻底驯服。

母亲大约也觉得自己在屋里有些碍脚，收拾完家务后，就悄无声息地躲到隔壁房间里去做针线活。于是整个堂屋就只剩父亲一个人。他会打开收音机，听单田芳的评书，一场听完了，一个驮筐也就编成了1/3。母亲这时候才走出来，收拾父亲折腾出的满地狼藉。院子里静悄悄的，夜色笼罩了日间所有的喧哗。干冷的天气里，一切都被冻住了，并泛着惨白的霜色。只有父亲的咳嗽声，一下下地撞击着夜色的边缘。

冬季漫长无边，母亲自然也不会闲着，几乎每天，她都会用特制的工具，将一根蜡条从根部劈成两条或者三条。新劈开的蜡条泛着新鲜的白色的光泽，似乎还能看到它们在田地里栉风沐雨的姿态。父亲总会将劈开的蜡条和无须劈开的蜡条合理地编进筐里去，让成品看起来色彩丰富又不凌乱。母亲俨然是父亲最好的学徒，熟练到无须父亲开口，就能完成他所有的要求，知道今天要编的驮筐或者粪箕子大概需要多少根蜡条，其中有多少根是粗的，可以用来打底或者作为"顶梁柱"，又有多少根是像血管一样细细游走在驮筐的身体里的。因此他们一个编筐，一个修剪，配合得非常默契。平日经常争吵的两个人，唯独在这件事上，从未有过矛盾。父亲将编筐当成制作艺术品，母亲也恰好将其看成织毛衣或者纳鞋底一样的细活，所以，两个人便有了同心协力的姿态。

这看上去颇有些动人的姿态，让我在冬天觉得日子不那么难熬。有时听见父母轻声絮叨着家长里短，炖着白菜豆腐的锅里发出"咕嘟咕嘟"的响声时，或者母亲帮父亲用力扳着蜡条，喉咙里发出轻微的声音时，我的心会暖暖的，有一簇小火慢慢燃烧起来。那一刻，我完全原谅了父亲拿着一根蜡条，将我和姐姐追得满院飞跑时的暴躁。我的脸微微发烫，好像炉火太旺了。窗外是寂静无人的冰天雪地，而房间里的一切，却被燃烧到近乎透明的煤块烤得像一块炉底的馒头，一口咬下去，酥脆松软，让人无法不欢喜起来。

至于那年的夏天，困顿生活中，母亲有多少次抓起笤帚，砸中了父亲的头，父亲又多少次操起凌厉的蜡条，朝母亲抽去，而我，如何在他们的争吵中，惊恐地逃出家门，像一根倔强的蜡条，一声不吭地躲进夜色笼罩的旷野里，则统统被我忘记。

挂历作为消耗品，算不上什么物件，但它又曾真的轰轰烈烈过。

挂历

刮刮油

一

前段时间我妈打电话问我："现在还有卖挂历的吗？"我想了想，真的不知道。

挂历这东西，好像很久没有出现在生活中了，似乎就那么悄没声儿地没了踪影。在二十世纪八九十年代，挂历简直是每个家庭的必备生活伴侣，亲密无间的程度，堪比衣食。

更早些，家家兴挂月历牌。旧时候的月历牌制作得相当简单，封面多以福禄寿喜、年画娃娃为主，内里是红绿黑配色，纸张轻薄，印刷粗糙，内容则是阳历加阴历，再辅以"宜什么忌什么"的生活指南，一股浓厚的神秘气息扑面而来，让人产生笃信的冲动。每日一撕，看日子，算节气，以功能性为主，谈不上美观。

到了20世纪80年代中期，挂历以雷霆之势横扫市场，一时间遍布寻常百姓家。那段时期的装修风格是把一切包起来，房顶、暖气片、阳台，通通都要包起来，搞的屋里窄而矮，十分憋屈；而装饰风格则是把一切挂起来，挂历依靠其特色，当仁不让地成为主角。

比起前辈月历牌，挂历确实更招人喜爱。

首先它迎合了大家日渐强烈的趋美之心，原来的那些花花绿绿的月历牌是绝对不适合摆在新装修的楼房里的，挂历的档次则提升了很多；其次，挂历的印刷也更精美，纸张的厚度、光泽度提高，加上照片级别的画面，挂在哪里都像样；还有就是，挂历的内容更丰富，你喜好什么内容都能找到，总有一款适合你。

格调最高的是名家的泼墨山水、工笔花鸟、书法临摹，挂起来颇像样子。去荣宝斋刷一张版画再裱起来，你算算得花多少钱？挂历就经济实惠了很多，还能常换常新。这些字画挂历通常挂在客厅，增添雅致之感。

而卧室可挂风光秀美的照片挂历，可挂印有《大众电影》上常见的明星的挂历。不管是俊美的山川河流还是笑颜如花的晓庆阿姨，看着都让人舒心。

挂历的有用之处不限于此。

当年的挂历自然要挂起来，但过了期不能挂的挂历才真是宝。若把挂历如此流行的原因归功于其过期之后的附加功能，一点儿不过分。

旁的不说，挂历从纸张的质地、厚度和硬度来看，都是包书皮的极品，就这点来说，我这十几年的课本都仰仗着挂历保护。

　　每年开学领完书的那个下午和晚上，我妈都在忙着包书皮。挂历足够大，什么开本的书都能包得妥帖，我妈根据每本书的开本细细剪裁和折叠，把有画的一面包在里面，露出光滑白净的背面，用钢笔写上楷体的数学、语文、思想品德……然后郑重地交到我手上。每年的这个时候，包书皮带来的仪式感都非常强烈，接过包好的书，仿佛接过了什么了不得的宝典。我一学期也就在那一天才会觉得课本是神圣的，并发誓一定会好好学习。

　　除了包书皮，我们家写字台的玻璃板底下常年会压上挂历纸；大衣柜的柜门上，也会贴上挂历纸；墙上哪有了瑕疵，就糊上一张挂历纸；门口的鞋架上会垫上一层挂历纸；不能挂窗帘的屋子，比如厨房、卫生间，就靠挂历隔断视线，保护隐私；桌子上不摆两个挂历纸叠的小方盒，杂物好像就没地方收。

　　谁家要是扔了过期的挂历，那真就是败家子，不会过日子。

二

挂历如此重要，甚至在年末成了"硬通货"。

每年十一二月份，大街上人人手里都拿个挂历做等价交换。朋友见面、上门做客，讲究带本挂历，挂历得以在社会上广为流传，成为主流的社交名品。

学生也不例外。

家长为了让老师多照顾自家孩子，得了像样的挂历，会用报纸卷好塞到孩子怀里，让拿去学校孝敬老师——包报纸在功能上讲其实毫无作用，这形状一看就知道是挂历，但似乎包一层报纸，就多了份含蓄，就像真能遮住什么一样，似乎就把成年人那点儿事和孩子隔开了。

给老师选挂历有技巧——送年长的女老师，选择风景的错不了；年长的男老师则最好字画挂历；送年轻的女老师，可爱的小动物是首选，明星什么的也很适合；而年轻的男老师，选白花花的泳装大美妞就成了。

一到阳历年根，半条胡同的孩子上学时就像是行走江湖的大侠奔赴华山论剑，要么手里提着"屠龙刀"，要么书包里插把"倚天剑"，粗细长短，各有特点。有耍单刀的，有使双剑的，舞三节棍的也屡有现身，一个个威风八面，浩浩荡荡地晃来晃去。还有的孩子把挂历卷儿插在后脖领子里，跟竖着一根炮筒子似的愣充威震天，逮谁冲谁"轰"，十分热闹，为枯燥的上学路增添了许多乐趣。

谈到最像威震天的，这些小把戏只能靠边站，放学时举着十几个"炮筒子"的老师们的孩子简直幸福死了，人家浑身插满挂历还有富余，这火力才算是凶猛。

有一年我看见一个高年级的孩子在操场上玩，他把手捅进卷好的挂历里，称自己是"铁臂大镖客"——他本人个头高、身体壮，抢将起来虎虎生风，被三个孩子围在中间竟没让他们占得半点便宜。

酣战间，突见一妇女从后面一个健步跨上去，用右手按住了大镖客的肩膀。这大镖客真乃天人，身怀绝技，功力深厚，身子被制住的一瞬间，大喊一声，肩膀一塌，乾坤大挪移一般，半拉身子绕过手，转身一挂历砸在了妇女的脸上。

全场惊呼声四起。我心中也不禁叫好，手中要是有几枚钢镚儿，那必是要扔出去的。

这角度，这力量，这速度，无可挑剔。我们正待看那妇女怎么拆招，哪知明显完胜的大镖客扔下铁臂嗷的一声抱头蹲在了地上。

后来才知道，原来这位妇女是大镖客他妈，早上送他上学忘了把饭盒给他，赶来送饭盒，正好看见他在操场上耀武扬威，更关键的是，精挑细选的给老师的挂历已经被抢得不成样子，本想阻止，结果被亲儿子锤了脸。

那天操场上大镖客的惨叫声响了很久，惊起一树乌鸦，给那个初冬的清晨添了些愁云惨雾。我们观赏完大镖客被他妈那一气呵成、漂亮干脆的手法打败后，也终于了解到，有些事羡慕不来，身怀绝技的大镖客这身功夫是家传的。

在我高中毕业时，挂历也还有些用处，到大学毕业后，就真的很少见到这东西了。

三

我问我妈要挂历做什么，她说："孙子快开学了，包书皮用。"我说："现在书皮都是现成的，有纸的，有塑料的，还有粘的，只要按照开本买就行，非常方便，再说为了包书皮买本挂历多浪费啊。"我妈说了句："你不懂，包书皮还得是挂历纸。"然后就挂了电话。

电子时代里挂历恐怕已没有立足之地，我想万能的互联网上一定还是有得卖的，但我没有动买的心，因为我环顾了一下我家，似乎还真没有适合挂它的地方。

挂历作为消耗品，算不上什么物件，但它又曾真的轰轰烈烈过。

总有一些东西，出现时并无喜悦，消失时亦无伤感，并没有人刻意去记住它们，但它们实实在在地渗透到了生活里。每当不经意想起它们，就回到了它们所拼接出的那一段一段的生活中。

小碗干炸

刮刮油

在我看来，能把一件民间的吃食做出灵魂的人，本也应该是热爱生活的人，总要活得更好一些吧。

我从不因为食物与人吵架，私以为每一种味道都有它存在的意义，每一种食物皆有其有序的传承，且同一种名称的食物，亦可有万千味道、形态。比如包子，无论是无锡的汤包、山东的大包子，还是上海的生煎包，都担得起"包子"之名。

　　我嘴馋且不挑，对大多数的食物都充满热爱，但如果让我选一种食物代表家的味道，炸酱面恐怕是要排在前面的。

一

　　炸酱面在北方十分流行，家家都会做，最常见的是肉丁黄酱炸酱面。做法也不难，无非就是调制酱汤，煸香肉丁，然后在一起翻炒成炸酱，佐以各种面码儿，便成了一碗喷香的炸酱面，按照老北京的叫法：小碗干炸。

　　炸酱面材料无非是肉和干黄酱，做法听起来也极简单，但各家的酱，味道各不相同。我吃过不少人家的炸酱面，几乎每家都有自己的味道。

　　比如调制酱汤时的做法就不尽相同。

有的人就爱吃干黄酱的味儿，只用少许水把干黄酱澥了调成酱汤；有的人则会在澥开黄酱后加入甜面酱；我还见过往干黄酱里加蘸酱菜用的豆瓣酱的；还有用东北大酱调制的，也是一种味道。酱和水的比例决定了这碗炸酱最终的味道和形态，甜咸配比不同、稀稠度不同，炸出酱的味道也不一样。有吃得精致的人，在口味上极挑剔，光调酱就要试好几次，一点儿也不能凑合。

还有就是酱里的荤口，最常见的是五花肉丁。比较讲究的人是把去皮五花肉切成黄豆大小的肉丁。为什么说讲究，因为这种大小的肉丁一般很难肥瘦相间，这样肥肉和瘦肉基本上是分开的，下锅也是先下肥肉，煸出油后再下瘦肉。但好肉之人，则会把五花肉切成手指肚大小，这样一块肉上便是肥瘦相间，吃起来风味不同。而实在犯懒不愿意切肉的，也可以煸炒肉馅。也有那不爱吃肉的人，炸酱用的是鸡蛋。

拌面的面码儿就更是各有喜好。按照时令，青蒜、黄豆、黄瓜丝、萝卜丝、豆芽、香椿、芹菜、白菜……一切都没限制，喜欢吃什么，就摆上一盘。所以炸酱面虽然是很简单的吃食，但所用的盘子和碗可一点儿也不少，不摆满一桌子，不叫吃了一顿正经炸酱面。

我就属于好吃肉的人，肉丁不能太小，否则就觉得不过瘾，我最爱嚼炸酱里的肉。若说炸酱是广袤宇宙，这肉丁就是天空中最亮的星，没了这肉丁，宇宙就变成了黑洞洞的幕布，没了那灵动的劲头和魂魄。有时候我吃完了两大碗面，瞅着酱里的肉丁还犯馋，又怕吃咸了口渴，就盛上些面汤，再涮上几块肉解馋，才算满足了。

面条也分抻面和切面，但最好吃的是自家的手擀面，劲道又干净，机器轧出来的面，口感不能比。煮出来的面也分锅挑（直接从锅里把面捞碗里）和过水。有的人着急，吃不了锅挑，必须过水才能吃得痛快。我吃的面不必过水，我不爱吃那股子过凉水的生气味，必须得是热气腾腾的，我拌面的声音都是黏糊糊的，热气把酱香激发出来，往往面还没拌利落，就积了满嘴口水。我妈最爱看我着急拌面，大口咽哈喇子时的样子——"别滴到碗里，出息劲儿的！"她会说上这么一句。但此时她说什么都无所谓，我只想赶紧吃上一口。

二

我打小就爱吃炸酱面，吃多少顿都不烦。冬天天冷了没什么新鲜菜，吃碗炸酱面；夏天天热了懒得做饭，吃碗炸酱面；今天谁过生日，没的说，炸酱面；明天哪个节气到了，按规矩，炸酱面；后天因为前一天酱炸多了，还可以再来一顿。

我如此爱吃炸酱面，甚至连早饭都可以吃。以前某品牌的方便面出过炸酱面，打出"吃干面、喝鲜汤"的广告，说实话，那面吃起来的味道比起小碗干炸简直是云泥之别，但只因它也叫炸酱面，我便爱屋及乌，当早饭吃了不少。吃多了，吃惯了，竟也成了念想，以至于多年后，在超市里看到这东西，就仿佛看到一个半大的小子，坐在那老旧的板砖楼的厨房小桌前奋力吃面的背影。

我上小学时吃面就很老到了。中午回家吸溜上一碗炸酱面，必须得就上半头蒜。下午一上课，同学们都对我退避三舍，但就连在我最喜爱的大队辅导员前打了一个声色俱佳的嗝，惹得她直犯干哕时，我也没有怪过炸酱面。

我如此爱吃炸酱面，以至于在外派工作时，在我珍贵的行李箱空间里，除了生活必需的裤衩、背心、西服、衬衫，还给干黄酱留了一席之地。尽管干黄酱大幅度增加了我箱子的重量，尽管它们让我在史基浦机场入关时费尽了口舌——我必须要连说带比画地给安检人员解释，这形如板砖、色如大便的东西是我最爱的豆制酱料，这至少耽误了我一小时，但我没有因此抛弃过一袋干黄酱。

三

有一个同学，其父爱喝酒，喝了酒就犯浑，在家揍孩子，出门骂邻居，我们都挺烦他。但他纵然人品千般不堪，却炸了一手好酱。我去同学家玩时得见一回。

那日他喝得醉醺醺，许是饿了，晃晃悠悠站起来走到厨房，开冰箱，取食材，突然像被厨神附体一般，腰板挺起来，一个举酒杯都颤三下的人，切起肉迅猛而利落，举起锅如铁手一般稳当，澥酱、切肉、煸酱、煮面，一气呵成，整个人的精气神突然回来了。

只见他身形摇了几下，手底下连炒带晃，没一会儿工夫就酱香扑鼻。我咽了口唾沫问同学："你爸是干吗的？"同学说："他下岗前是厨师，下了岗就一直喝酒。"我们听后相对无言。

我还记得那天的场景。午后的阳光透过他家小厨房贴满挂历纸的窗户照射进来，他在逆光里形成了一个剪影，脸上的表情和邋遢的衣衫已经看不清，这剪影不再像平时一样佝偻，似乎在炸酱的那一刻，许久不见的生活记忆裹着那一技之长带给一个人的尊严，重新注入这个曾经靠炒勺吃饭的男人的身体中。

很多年后，我看了一部叫《满汉全席》的电影，里面落魄的廖杰师傅，总让我依稀看到同学父亲的身影。只是不知道后来他是否如电影里的廖师傅一样咸鱼翻身。在我看来，能把一件民间的吃食做出灵魂的人，本也应该是热爱生活的人，总要活得更好一些吧。

四

一种食物，吃的不光是味道。

每一道菜，每一种味道，都是一段生活。这些食物或清淡，或浓重，把它送入口中后，过的是舌，走的是心。每当尝到它的味道，就回到了它所对应的那段生活里。

自己在国外过的第三个生日，我加班。

回到公寓，已过了晚上10点。推开门，屋里空无一人，灶台清冷，心情低落。于是，我决定给自己煮碗面。

半小时后，我拌上了一碗意大利炸酱面，没有面码儿搭配，没有手擀面的口感，但酱香引得我迫不及待地吸溜了一大口，面入口那瞬间，突然感觉灵魂上加持了一股子精气神，身体也满足得通体舒泰。

那一刻，我似乎站在了8000公里外那座古城的那条胡同里的那座老楼的小厨房中。

煮面锅热气蒸腾，我眼睛上蒙了一层雾，使我看不清周遭的人和物。

我感觉到自己半拉肩膀拌面拌得酸痛，我听见碗里响起黏糊糊的拌面声，于是我口中止不住地涌出口水。

然后一个声音说："别滴到碗里，出息劲儿的。"

灵魂归处是故乡

宁子

小孩子的心那么小，只装得下自己的喜怒哀乐。而时光，就这样在回老家的仪式中一年一年过去了。

一

　　整个童年时代，我最畏惧的一件事就是回老家。

　　老家在山东省沂南县的一个贫穷落后的小山村，位于沂蒙山腹地，距离我们生活的小城整整100公里。

　　100公里，现在看来实在算不得有多远，可是在20世纪80年代，却是极其遥远的一段距离。车站每天只有早上六点的一班车发往老家。

　　每年正月初八的早上五点钟，我便早早地被妈妈从被窝中拉起来，手忙脚乱地穿衣吃饭。五点半之前是一定要出门的——那天一定要赶回去，因为初九是奶奶的生日。

　　街上灯光昏暗，寒冬的清晨冷得彻骨。一家人大包小包、深一脚浅一脚地赶到车站，买了票，登上红白色相间的老式客车。

　　车里没有暖气，窗户永远关不严。爸爸用大衣裹着我也无济于事，车开起来，我依旧冷得发抖。

　　除了寒冷，最让我畏惧的是晕车，车子刚出县城，我早上吃的东西便已全数吐出。后面的路程，我吐了喝水，喝完再吐，小小的心苦涩无比，整个人缩成一团，昏沉沉地瘫在爸爸怀里，抱怨着一个词：老家。

为什么要有老家？

二

破旧的客车一路颠簸，100公里的路程，三四个小时到达已属万幸。

下了车，我整个身体都是瘫软的，爸爸把行李转到妈妈和哥哥手里，他抱着我。

好在，在离停靠站不远的路边，永远是有人接站的——三两个男人齐齐蹲在路边抽着廉价的烟卷，不知道等了多久。

我永远分不清他们谁是谁，大伯或者叔叔，堂哥还是别的什么人。只是任由他们一边和爸妈用家乡话寒暄，一边接过我，用脏乎乎的棉大衣裹了抱在怀里，东西放在唯一的一辆自行车上。一行人步行半个小时，才到达那个在寒冬里更显孤寂、荒凉的村落。

那个村子叫张家屯。奶奶的家，就在屯子的中间。

三

奶奶家的房子是多年前的土坯房，低矮阴暗。房子没有窗，黑漆漆的木头房门若关上，即使白天，屋子里也马上黑得伸手不见五指。所以家家户户都有那种用麦秸扎成的半门，虚掩着，实在挡不住任何风寒。

为了取暖，奶奶会在屋里用木柴烧火，但也只在我们回去的时候，火盆才从早到晚地燃着。在老家，每一张面孔都是相似的，灰扑扑的，布满皱纹，好像经年不洗的样子。

男人女人的衣着，除了黑色便是藏蓝和灰色，只有小女孩穿着俗气的大红大绿的外套，她们的长头发编成麻花辫子，浑身散发着长久没有清洗的油腻味道。

饭桌上倒是丰盛，奶奶会把过年的鸡鱼肉蛋一直留到我们回去才全部端出来享用。好在冬天存放食物不易变质，但颜色也失了新鲜，让人看着并没有食欲。

主食是煎饼，麦子的、玉米的、高粱的……为数不多的馒头，也是留着招待我们一家的。

老家的风俗，整个正月是不做主食的，于是年前，家家户户都烙下整整一大陶瓷缸的煎饼，吃到整个正月结束。

这就是老家。寒冷和贫穷，成了老家给我的刻骨的记忆。

四

每次回老家，我们也只住两个晚上，给奶奶过完生日后，初十早上便会回去。一是爸妈要赶回去上班，二是住宿实在不方便，几乎每一户都没有多余的被褥，我们一家人晚上要挤在一张床上。

所以离开的早上，在奶奶的篱笆小院前和她说再见的时候，我的心早已迫不及待地飞离了那个古老荒凉的村庄。

回去的路上，我依旧是吐得一塌糊涂，一来一回的折腾，之后要花好些天我才能恢复元气。

所以，整个童年，老家对我来说，是畏惧，是排斥，是抱怨和微微的恨意。

小孩子的心那么小，只装得下自己的喜怒哀乐。而时光，就这样在回老家的仪式中一年一年过去了。

后来回老家的车次慢慢多了起来，路也平坦了许多，旧客车换成了新客车，也能够买到晕车药缓解我的痛苦了，奶奶的房子也翻修成了砖瓦房……

但是对老家，我始终没有热爱。奶奶的身体每况愈下，伯伯叔叔们总有数不清的事情要打来电话，修房、买拖拉机、孩子嫁娶……不断拿走爸妈的一部分收入。所以，因为有老家，一个少女的成长过程中便少了心仪的单车、想要的随身听，少了新衣、新鞋和零花钱……那样的一个老家，我拿什么来爱她呢？

五

奶奶在我读大二那年去世，那是冬天，我已放了寒假，得到消息，一家人赶回去送别奶奶。

83岁也属高龄，爸爸没有表现得太过悲伤，只是在最后守着奶奶的那个晚上，一直沉默着，一会儿帮奶奶整理一下衣服，一会儿看一看奶奶手中握着的"元宝"是否安妥……更多的时间，他静静地注视着奶奶苍老平静的面容。

我默默地看着爸爸，想起了一个问题：爷爷早已辞世，如今奶奶也不在了，老家，可还有曾经的牵绊和挂念？我没有问，只是陪着爸爸，在那一天默默送走了他的妈妈。

那年春节，我们在老家度过。我以为，那该是我们最后一次在老家居住和停留了。

果然，从那以后，我们再也没有回老家住过。

大学毕业后，我东奔西跑了好几年，最后在郑州安顿了下来。每次回家，我都是陪伴已经年迈的父母在小城住几天，不再回老家。不过爸妈回老家的次数反倒更多了一些。家里买了车，两个县城之间也早已通了高速，自己开车单程不过一个小时，一天的时间可以轻松地往返了。

妈妈说，老家也富了，堂哥他们要么开货车、种大棚蔬菜，要么在县城的厂子做工，收入都不错。每次爸妈从老家回来，车子后备厢里总是被塞得满满的，有鸡鱼肉蛋、花生油、新鲜蔬菜……爸爸说，那可都是纯天然绿色食品。

爸爸说，新农村干净卫生，街道整齐。他知道我最怕的是脏。我听后笑了，没说什么，富起来的老家对我来说，已经全然陌生了，也想不出日后还会有怎样的交集。

六

2012年夏天，爸爸旧病复发，被送到市人民医院，两个月后，他的人生进入倒计时。他虚弱到已近乎无力言语，开始断断续续陷入昏迷。

有天午后，他忽然清醒了，嘴唇嚅动，似乎想说什么。握住他的手，我贴近他，听到他喃喃地说："回老家。"

"什么？"其实我听清楚了，这样问，是因为我不解。

他看着我，慢慢地说："带我回老家吧，我想和你爷爷奶奶在一起。"说完，他的眼神忽然柔软起来，如同回到母亲怀抱的婴孩。

于是当天下午，我们带着爸爸回到了我许久未曾回去过的老家。到老家20分钟后，在奶奶曾经居住的屋子里，爸爸轻轻闭上了双眼。

那一刻，他的面容格外安详平静，踏实满足。旁边，一直沉默的大伯用粗糙的手轻轻抚摸爸爸平静的面容，轻轻地说："不怕了，回家了。"

听到这六个字，我再也忍不住，泪如雨下。

那天晚上，像爸爸最后一次守候奶奶那样，我们守着他，一遍遍为他整理衣衫，轻握他的手指，抚摸他的脸庞。无端想起，好多年前我问他："为什么不把奶奶接到我们家？那样就不用每年来回折腾了。"

当时爸爸沉吟良久说："奶奶年纪大了，离不开老家了，因为害怕死在外面，灵魂回不了故乡。"那一刻，爸爸这句话突然从我的记忆中跳出来，令我的灵魂战栗不已。

七

爸爸离去后，我开始频繁回老家。他的五七、百天，每年的忌日，还有清明节、中元节、春节……按照老家风俗，爸爸葬在老家，作为子女，我们要回老家请回爸爸的灵位一起过三个年。

一如爸妈所说，老家早已变了样子，变得富裕整洁。但这已不是我在意的，我在意的，是爸爸的安身之处。

就在爷爷奶奶的坟茔旁，春有垂柳秋有菊，两棵柏树是大伯亲手种下的，四季青翠。坟头永远被归拢得细致整齐，每一个节日，墓碑前干净的供台上，有好酒好菜，有人在那里陪他聊家长里短。

孩童亦有情。堂哥家的10岁小儿，他称呼爸爸"四爷爷"，常常摘了自家大棚的新鲜蔬果送过去，说："四爷爷，你吃啊，咱家的。要么，你想吃什么自己摘。"

我终于熟悉了他们每一个人的面容，如同熟悉我真正的家人。在爸爸又一个忌日的祭奠后，生性寡言内敛的堂哥喝了一点儿酒，借着微微酒意对我说："叔在家里，妹妹，你在外面放心。"

是的，爸爸回到老家，我放心。我已经知道了，老家还有一个名字，叫故乡。

故乡就是，等着我们灵魂回归的地方。

做点儿醋吃

南在南方

羊稚舒冬月酿酒，令人抱瓮暖之，须臾复易其人。酒既速也，味仍嘉美。

《裴子语林》中有一则写道：羊稚舒冬月酿酒，令人抱瓮暖之，须臾复易其人。酒既速也，味仍嘉美。

忽然想起做醋，也是冬月，也有瓮，只是不用人抱，而是放在火塘边，自个儿取暖。

我家的醋是用柿子做的，"柿子专拣软的捏"是有道理的，硬的生涩，软的甜而多汁。到了冬月，再硬的柿子也瘫软一团了，有好太阳，捧几个放在木架上晒热了吃，真是甜到心里。好像总是吃不完，祖母说："做醋吃呀。"

洗干净一个结实的小瓮，提着柿蒂抖一下，柿子就落进瓮里了，如此几番，再用木棍搅，不大一会儿就成了一瓮红亮亮的柿子汁。

取出半块青砖般的大曲（麸曲），放在石臼里捣成碎末儿，这个得费些工夫，实在捣不碎，放在铁辗槽里，按住辗轮辗它。最好过面筛，把细曲倒进纱布袋里，再用细绳系紧口，一头放在瓮里，一头放在瓮外，有点像泡袋装茶的样子，找一块布盖住瓮口，再盖一块厚木板。慢慢将瓮挪到火塘边上，让它慢慢发酵，慢慢甜，慢慢酸，没事时，拉拉那根留在瓮外的绳子，让大曲包挪个位置，或许这样发酵更均匀吧。

　　大曲要在三伏天里踩，把麦麸倒在木盆里洒水拌，不能太干，太干成不了坯；也不能太湿，太湿容易腐烂。拌好，倒在曲匣里，曲匣为长方体，高二寸，长八九寸，宽六寸，先用手压，接着赤脚来踩，踩落下去再填麦麸，再踩，直到平整结实，用手一拍，落出曲匣。

　　前一天割回来的黄花蒿、艾蒿这时派上了用场。先用黄花蒿把曲坯包个严实，再用艾蒿包，一块一块地包，找个地方码起来。曲坯的发酵看不见，却能摸得着，先是温热，再是高热，再是温热，最后凉下去。当然也能闻得着，淡香，湿香，后来才是曲香。十天之后，晒干就成了，大曲大都用来做酒，剩下一两块，做醋，不做醋也是单方，肚子胀气，炒曲煎水喝，立马见效，曲是原始的酵母。放在瓮里的曲包继续发酵，发酵是安静而迷人的，它让甜的柿子汁酒化，然后醋化，偶尔有轻微的响动，像叹气。冬天火塘里总是有火，偶尔祖母把细铁棍放在火里烧红，揭开瓮盖，伸进瓮里，滋的一声，慢慢就有酸味冒出来。来年柿子树开明黄小花时，将瓮挪出来，掀开盖子，那酸总要让人哆嗦一下，这时不好说话，像有满口的酸水。醋做成了，用纱布来滤，颜色有点黄、有点红，稠稠的，分别装进瓶里，再沉淀发酵，颜色会清亮起来。

《白鹿原》说四大香：头茬子苜蓿二淋子醋，姑娘的舌头腊汁肉。第三样香，可意会不可言传；其余三样，真香。其中的二淋子醋，与柿子醋是两种做法，它先是将磨细的五谷或蒸或煮，熟后晾冷，再加大曲，固体发酵，成时，倒在滤缸里用水淋，淋完之后再发酵，再淋时最香，这种做法差不多要淋三回。最后的醋渣也是妙物，用水淘洗出来的淀粉，可加工成名小吃——醋粉。

父亲善于做酒，偶尔也有失手的时候，酒味不美不说，还有点酸。那次失手让他怅然，我说："您这是'做酒坛坛好做醋，缸缸酸'嘛！"把他给逗乐了。这是一副老联，祝愿自家心想事成，"做酒坛坛好，做醋缸缸酸"，因为不会断句，成了笑话。

父亲说家里还有半桶七八年前做的柿子醋，是地道的陈醋了。我说："多好的醋，赶紧吃啊。"父亲说："人老了，吃不动醋了。"这句话让我笑了，接着，又叹息一声。

我从老家带过一块曲饼，想着做米酒，未成；做醋，也未成。它摆在书房里，香不似之前浓郁，但一直都在。母亲说："做几瓶果子醋吧。"

照之前做葡萄醋的经验，是不用曲的，母亲说："不用曲，只是寡酸，用曲才是香醋。"事情就这样成了。

掏耳朵

刘云芳

从山里回来的路上，我看见遍地的蜗牛壳，像是一只只被遗弃的耳朵。

一

　　一尊罗汉歪着脑袋，双眼一斜一眯，指间捻着的草茎缓缓插入耳朵，好像里边住着一只需要饲养的兔子。这幅《挖耳罗汉图》总能把我带回小时候。在某些阳光明媚的日子，母亲盘腿坐在炕上，我侧身躺下，枕在她腿上，把一边的头发撩开，等待她悉心"开采"。挖耳勺进入耳朵后，像长了眼睛似的，回回都能挠中痒处，其中滋味妙不可言。我很享受这个过程，以至于现在想起，身体里还会忽然冒出一丝慵懒。

　　当年，我对母亲充满了崇拜，一心渴望像她那样，在别人幽暗的耳朵里看到些什么，好像耳朵是隐藏秘密的容器，藏着什么宝物。

　　我开始尝试给小伙伴挖耳朵。细数起来，我还真利用各种器具造访过不少耳朵。而躺在我面前的人也像我一样，迫不及待地想看看，到底挖出了怎样的"宝藏"。每个人收集声音的"密室"看上去大同小异，实则都不太一样。有的耳朵像饺子或者元宝，线条圆润；有的耳朵像小船，似乎漂了很久，终于在这个人的脑袋上停泊；有些耳朵的耳郭大张，好像随时准备收集各种声音；有些耳朵就像反卷的叶子，恨不得把所有东西都拒之门外。后来，我见过一种挖耳草，茎上光秃秃的没有叶子，顶端只有黄色的花冠，那花冠真像一只耳朵。在故乡，有时能看到山顶上突然冒出一朵白云来，落在电线杆的上方，就觉得这电线杆是在给天空挖耳朵，天空太舒适，汪出了一大片的蓝。

二

挖耳的工具千奇百怪，发卡、指甲、棉签不算新鲜的，我还用过麦秸、笔芯、竹签、头发。几乎所有的器具都有一定的危险性，但头发没有。那时密友会在课间找到我，她趴在课桌上，耳朵向上。我薅下一根长发，然后来回折绕，直到有四五根那么粗的时候，将它拧成一股，伸入耳朵，像电钻打眼似的来回旋转。这种方法是我在一位白发老奶奶那里看到的。她的小孙子总是缠着她挖耳朵，她担心其他器具太硬，伤了耳膜，便就地取材用头上的白发做了挖耳工具。后来我发现，没有什么挖耳工具比头发更能代表小女孩之间的奇妙情谊了，虽然我给女同学们挖耳朵的样子常会招来男同学们的嘲笑，说是两只猴子在捉虱子。有时，在野外玩耍，耳朵忽然传来"信号"，我们也会用随手折来的小树枝，这是最天然的挖耳勺。

我最喜欢的挖耳勺是父亲钥匙扣上挂着的那枚。它原本是一根钢条，是父亲在少年时打造的。父亲是家里的长子，后边还有五个弟弟妹妹，奶奶自然忙得团团转，根本没有精力照顾他，更别说让他的耳朵享受一次母子亲情，于是，父亲就打造了这枚挖耳勺。他后来描述过当时的情景，先把钢条截成合适的长短，再用小锤把一端砸成扁平状，之后用钳子夹紧一个缠了布的钉子，置于钢条的扁平处，用小锤一点点往下砸钉子，砸成一个小窝。最后，将钢条另一端弄弯，形成圆圈，方便系挂。父亲做得好极了。后来的几十年，别人来我家串门时都会借用父亲的挖耳勺，好像来我家根本不是为了给我们送点蔬菜，或者闲聊，完全是冲着那枚挖耳勺来的。我亲眼看见，他们说着话，就从炕头拿起父亲的钥匙，然后一屁股坐在我家的椅子上，一只脚踩着椅子的横梁，一只脚自然下垂，靠近挖耳勺的那只眼睛眯成一条线，所有的专注力都聚集在手上，神情活像白石老人《挖耳朵图》中的老者。

也曾有人拿着钢条来我家，请父亲指导或者亲手为他们做一枚合心的挖耳勺。父亲尝试多遍，要么钢条的一端砸得过薄，折了；要么砸勺窝的时候不成型。反正，父亲再也没有做出那么好的挖耳勺来。后来，我家开了小卖部，再有人找父亲做挖耳勺，他就指着柜台说："我送你一个得了。"等小卖部关闭之后，我家里到处是挖耳勺，塑料的、铁的、钢的，还有带灯的，有花纹的，但都不及父亲打造的那枚挖耳勺好用。可它却消失不见了。父亲常梦见到处找它，有时能找到，有时找不到。梦里能找到的时候，他醒来就上那个地方找找看，但一无所获。后来，他还怀疑过很多人，又将他们一一排除……这枚挖耳勺终于成为他记忆里的痒，无法抓挠。

三

身边第二个亲自做挖耳勺的人是我丈夫。他翻阅大量资料，让我见识了形形色色的挖耳勺，金的、银的、铜的、玉的，还有瓷的。考古学家发现的最早的挖耳勺是一个王妃的陪葬品，出土于商代的墓穴。而且挖耳朵本身也是一项传统技艺，在成都，至今还有专业的挖耳师，他们有个别致的名字，叫"舒耳郎"。他们手里的挖耳工具有好几十种，听尝试过的人说，终于领略到了什么叫"销魂"。而我丈夫选用的材料多是木头，包括酸枝、绿檀和小叶紫檀，勺柄的方寸之地，成了他展示手艺的场地。羽毛、树叶等各种花纹，都会被雕刻在那里。等这些作品做好了，一字排开，精致极了。我问他："这是给人用的吗？"他答："肯定不是给树用的。"后来，他还用象牙做了两枚挖耳勺。一枚精致小巧，形态简洁；另一枚则在末端分叉处做了一树梅花，又用一小块料，雕了石窟里打坐的修行者，在"石窟"的边缘打了眼，用绳子穿了，系在梅花挖耳勺的根部。这还不算完，他又雕刻了一个卧于榻上的僧人，用一块不足五毫米的余料刻了本翻开的书，倒扣在床榻的一侧。每次使用这个挖耳勺，我都觉得无比奢侈。说实话，我更愿意使用五毛钱买来的铁质挖耳勺。

不过，自从有了梅花挖耳勺，儿子便对挖耳充满了渴望。他乖乖地躺在我腿上，长满细小绒毛的耳朵像森林里遇到的白木耳，呈现在我眼前。我害怕伤害它们的纯洁和柔嫩，偷偷把梅花挖耳勺收起来，用棉签在耳朵口轻轻刮触。不一会儿，耳朵的主人就睡着了。这一招百试不爽。今年回老家，我给母亲挖耳朵，她同样枕着我的腿，一动不动，脸上流露出孩子般的神情。这多像儿时的情景，只不过我们互换了角色。十几年的时间好像瞬间冻结了一般，只留下两个挖耳的场景彼此呼应着。

对于母亲来说，用什么给她挖耳朵不那么重要，她把耳朵展示给我，只是为了打开情感的通道。而手里的挖耳工具便是最好的感应器，让我们即使不言不语，也什么都懂了。

　　有时，走在城市的街道上，音乐声、汽笛声、争吵声相互碰撞着，变成虫子用力往耳朵里钻，而身边的人互相议论和传播的声音不过是从一只耳朵去往另一只耳朵的分泌物。我看着路边一棵棵高大的梧桐，想起在故乡的某个午后，独自进山，林子里安静极了，偶尔听见几声清脆的鸟叫。山风刮过来，在我身体里搜寻起来。我站立着，手足无措，最后这股风变得细长而有力，变成挖耳勺，钻进我的耳朵，把那些嘈杂的声音和耳垢吹得一干二净。从山里回来的路上，我看见遍地的蜗牛壳，像是一只只被遗弃的耳朵。

四个买菜的男人

故园风雨前

看着他一根一根挑选芹菜时的专注和克制不住的狂热，我真心希望芹菜能为其金诚所感，转世成人，嫁给他。

我爸

我原先一直有个印象，居家过日子，男人是不要去买菜的。他不是不肯做这件事情，只是不耐烦与人打交道。这一点儿印象全从我爸身上得来。

我爸买菜常常使我妈惊怒交加。他们一道去市场，看见农民模样的小伙子兜售洋芋，自行车上驮了两大竹筐。

我妈问价钱，小伙子羞愧地说了一个数，但又强硬声明："我们自己屋头种的，吃不完才拿出来卖，婆婆你懂行，你挑嘛。"

我妈笑笑，表示既不愿承情，更不肯上当，轻蔑地说道："前头那个摊比你的还相因（价钱便宜）些。"实际上，我妈停在这里半晌不走，就已经表明了购买的意向，说什么并不重要，这是买菜的和卖菜的之间的默契，小伙子也聪慧地拎起了他的土秤。

可我爸看不惯，愤而道："前面便宜你去买前面的好了！你说人家做什么！"

我爸对那种唯唯诺诺、农民模样的人怀有怜悯之情，为了防止流露，他甚至不朝他们看。所以，我妈这种口气在他看来简直是欺凌，他必须发出义勇的声音。

我妈恼道："你是哪边的啊？"她拔脚就走，甩掉叛徒，挑好的洋芋又滚回了筐里。

我爸愣住，旋即厚着脸皮尾随而去。我后来问他："农民小伙子气不气？有没有抱怨？""没有！他惊呆了，大概没见过这么复杂的家庭纠纷。"他又说，"我要是他我就不卖给你妈！真没想到他这样自甘堕落。"

我妈不愿和我爸一起去买菜，我爸赌气自己去。他从事美术工作，买菜的乐趣在他是享受缤纷的色彩：朱红的海椒、酱紫的茄子、莹如羊脂的萝卜和湖绿的西兰花。

然而，这些在我妈看来是：带疤的海椒、蔫茄子、糠心萝卜和花期已过的西兰花。

"他们不卖给你卖给谁？卖给谁？！"我妈控诉道。

我大伯

我爸买菜买得坏，他的亲哥哥却堪称大师。

我大伯是研究元史的，但买菜的专精使他更负盛名。"挑不出第二个！"他的老朋友们说，且故意不给出表示范围的状语——全办公室？全单位？全国？不说，意思是不拘哪个范围都"挑不出第二个"。

我妈认为我爸有把普通商贩改造成奸商的天分，而我从大伯身上看到一种力量，他能激励一个奸商走上正道。

有一次大伯带我去菜场买鱼头，一路他就讲那个鱼贩怎么好，别人卖鱼头连带脖子肉切，好多占一点儿分量，而他不。

我赞这个鱼贩厚道，大伯却说："一开始他也耍小聪明，斜着切，后来我跟他讲道理，道理讲明了就好了，他听的。"

本来那天我们就去晚了，眼看菜场要闭市，偏偏大伯又内急起来，找到厕所急蹿而入，嘱咐我独自去买鱼头。"第三个摊啊！"从围墙里传来他的喊叫声。

我临危受命，十分忧惧。

只剩一处鱼摊开着，摊上只剩一个鱼头。然而，那鱼贩竟然不肯卖给我，说等个人。

"等个老先生，我给他留的。"

"哪个老先生啊？是不是姓杨？"

"姓啥我不知道，老先生特好，特能讲道理，我们都怕他讲道理！"

"啊！我就是那位老先生派来的！"

他只是笑，并不松口。幸好大伯及时赶来，两人激动地相认一番，方交割完毕。

我拎起鱼头细看，果然不带一丝脖子肉，再问价钱，果然讲道理。

我姨父

我爸要买整个菜场最烂的菜，而我姨父，我姨妈恨道："要买整个菜场的菜。"姨妈所言不虚，她家从不缺菜。

我姨父对蔬菜不仅有爱，还怀有敬意，看着阳台上成捆的红油菜白油菜，论打的菜脑壳，扎成垛的莴笋，几十个青番茄，他常常要唱赞美诗。

"蔬菜多么伟大你知道吗？它们把无机转化为有机，赐给所有动物生存所需，它们是这个星球的恩人……"

"最会乱整！你吃得完啊？！"姨妈吼他。

没用。姨父才不听，他像一堵棉花墙，什么也干扰不了他对蔬菜的敬爱。

大年初三，我们全家去磨盘山给外公扫墓，起了个大早，却在山脚下耽误了半天，因为姨父在路边发现了一溜儿长摊，堆满了这个星球的"恩人"。他扑上去，谁也拦不住。

二十几分钟后大家急了，打发我去催。那时，他正对着豌豆尖和冬苋菜掏心掏肺。

"姨父，走吧，今天我们是来给外公扫墓的啊！"

"还早。"他仰头看看公墓方向，低声道，"外公又不会不等我们。"

姨父对菜贩、菜农也是一往情深，这大概跟他年轻时有过短暂的务农经历有关，而且我们四川人就算生在城里，根系也都是在附近的乡坝里。

他对他们不是怜悯，是依恋。一般买菜顶多弯腰挑拣，他不，他会蹲下，因为要聊天儿——"你的茼蒿几点摘的？五点啊！天还没亮嘎！""哦，你的青菜安逸，我一坛只泡得下一棵。""你从哪边过来的？籍田？我咋不晓得？早先我们表舅在那边，但早就死了。"……

姨妈本来最不耐烦他跟商贩们寒暄，总觉得他们是为了赚他的钱，可后来出了"报恩红苕"那件事，她就没法再给他脸色看了。

那是20世纪80年代末，姨父买了一辆带斗的三轮车，常得意扬扬地蹬着去菜场转。在那个人人羡慕谁家有辆永久、飞鸽自行车的年代，一个哲学系教师快乐地蹬着三轮，车斗里有泥巴、稻草和烂菜叶子，一个系的同事碰见了都不敢与他相认。

有一次他居然很阔气地邀请我坐在斗沿儿上"去耍"，吓得我严词拒绝。那时我已上高中，懂得要脸了。

一天他在菜场，听见某人怯生生地叫"哥子"，原来是个熟脸的菜农，想借三轮车运东西。

三轮车虽然丑陋，但毕竟是一项财产，又是姨父心爱的坐骑，我料姨父不肯。然而，他马上就跳下来，说了家里的地址，好让菜农知道往哪里还。菜农话也少，点头称："要得要得！"然后就蹬走了。

过了一会儿我问："那人叫什么名字啊？"姨父突然愣住："啊！不晓得！"我窃笑，又去向姨妈报了信儿。姨父在懊恼和姨妈的数落中度过了两天，人家果然没还他。

然而第三天，楼下传来嘶哑的叫喊声："哥子，那个哥子！"

不仅车还回来了，人家还千恩万谢，在车斗里装了一大堆红苕，根本吃不完。我们家也分了好多，有多多呢？这么说吧，我就是从那以后不再吃红苕了的。

我丹叔叔

"当然当然……不过你自己不觉得稍微贵了一些吗？"

这句话是很多年前，丹叔叔听见菜贩子报价以后发出的疑问。

现在这么一说，好像也没啥，但逢年过节家里人一起吃饭，我就要讲这个段子，笑了多少年还没笑够。

因为大家都了解丹叔叔，都觉得即使他站在那里，什么也不说，什么也不做，只是顶着一头卷发，瞪着两只相隔遥远的大眼睛，脸上是那种天然惊骇的表情，就已经让人笑得前仰后合。

二十八年前的一天，他带着我去菜场买菜，菜贩子说的价格我不记得了，光记得丹叔叔一脸惊骇地说："当然当然……不过你自己不觉得稍微贵了一些吗？"

我和菜贩子一时间都愣住了，快速对视了一眼。这叫什么话？这种句型从来都没有在菜市场上出现过，像译制片的台词。

菜场有菜场的规矩，嫌贵你可以骂脏话，可以挖苦讽刺，但你不可以拷问人家的灵魂——我不说，你扪心自问，夜深人静的时候你对着镜子、看着自己的眼睛问，用莎翁的口气问。

丹叔叔常常因为在日常生活里使用"奇怪"的词句而被误认为是外语系或者哲学系的老师，但实际上他是数学系毕业的物理系老师。

他跟我姨父、姨妈做了十年邻居，交情极深。我们子侄辈也沾了光，大都得他辅导过数学、物理，都喜欢他、尊敬他，但背地里也都笑他。

我们跟他有一种默契——我们知道他的学问很大，大到我们无法理解的程度，就干脆忽略不计；我们也知道自己在他眼里很蠢，再努力或者再躲藏也没用，所以也干脆忽略不计。

那么，剩下的就是看他的笑话。丹叔叔并不认为我们忤逆，他能宽恕整个世界。

假如看丹叔叔是少爷出身，做派又像陈景润，就以为他在生活上很低能，那你就错了。生活其实是他的强项，因为他用他可怕的专业知识和专业精神在生活。

"你说今天这边的红油菜比那边的贵一块钱？这个表述非常不严谨啊！首先，红油菜本身的质量你没有描述；其次，同一质量的红油菜在上午、下午和傍晚的价格是不同的；再者，'贵'这个字带有批评的色彩，你怎么可以下这样的结论？还有，贵一块钱这个说法很含糊，我建议你用百分比描述，会相对准确一些。"

这是上周我在菜场见到他时，他临时为我开设的一个论坛。我一直憋着笑，像小时候上他的课时一样不懂装懂地频频点头。

"您买什么菜啊？"我问。

"芹菜啊！太喜欢芹菜了，简直没办法。"他很热切。

"芹菜也喜欢您。"我嬉皮笑脸地打趣他。

"当然当然，这么多年了，它应该看出了我是它狂热的追求者。"

丹叔叔的私生活很隐秘，只听说是独身者，但他那么优秀，长辈们岂肯放过他——导师的女儿想留给他，姨妈的干妹子想说给他，邻居的外甥女忘不了他，还有些学生的家长也惦记着他。

然而，听说每次遇到这种事，他都只是笑而不允。

看着他一根一根挑选芹菜时的专注和克制不住的狂热，我真心希望芹菜能为其金诚所感，转世成人，嫁给他。

歌曲推开了那扇门

刘云芳

那时的小院就像一个温暖的掌心，收留着我们这些散落在外的沙子。

说实话，那次租房，我首先相中的是小巷外的河流。河水幽幽，杨柳低垂，沿着河岸走，一直向南，过两个路口，便能到我单位。早上，河面上有太阳相送，晚上又有月亮在水里迎着。为此，我愿意容忍小院里各种房客造成的嘈杂，急匆匆地跟同学搬了家。

　　小院的大门外时常停着一辆卖煎饼果子的三轮车，进门之后，看到的是一个四合院。房东占北面两间；东边住着小两口，门口那辆三轮车便是他们的；紧邻的是一套大一些的套间，屋子里每天都有不同的人出入，后来我才知道，这里住了六个人，四个男孩住在客厅里，两个女孩住在里边的小房间里，他们完全把这里当作集体宿舍，因此也最让房东头疼；我们住在西边；我们隔壁住着一对中年夫妇，听口音应该是来自郊县。

　　搬来的当天晚上，我们正在房间里看书，就听到房东阿姨的叫嚷声。是因为卖煎饼的小夫妻剥完大葱没有及时清理，满地的葱皮惹怒了她。小夫妻不断地道歉、解释，直到房东大叔回来，才把房东阿姨推进了房间。

相比来说，房东大叔是比较宽容的。他每天去河边钓鱼，再把钓来的鱼放回河里，只享受悠哉的垂钓过程。但有一次，他还是发火了，起因是有人上完厕所没有冲水。住在我们隔壁的中年夫妇红着脸，急忙去厕所清理。原来，他们有几个老乡刚刚来过。房东大叔不再说什么，叹着气回屋了。

　　房东阿姨像警察一样监视着"集体宿舍"里的六个人，并且三番五次地提醒我们要与他们保持距离，她说："男男女女住在一起，像什么话？要不是签了合同，真想把他们轰走！"每天早上我出门的时候，对面的门还紧闭着；晚上回来时，他们已经在准备晚餐，好像不需要上班一样。直到一个星期天，我看到他们穿戴整齐一起出门，寒暄几句之后，才知道他们是跑业务的，主要销售各种文具。

　　他们的收入极不稳定，有钱了，开几瓶啤酒，弄几个小菜；穷困时，一大袋馒头，几包一块钱的咸菜丝，几个人围在一起抢着吃。但他们永远都是开心的，嘻嘻哈哈的声音总能从屋子里传出来。这让穿着正装、高跟鞋在写字楼里忙碌了一天归来的我们，很是羡慕。

　　那天半夜去厕所，我一推门，便看见两个黑影躺在院子里，吓得我尖叫起来。黑影们腾地坐起，原来是"集体宿舍"里住的两个小伙子。闷热的天气把他们从室内赶到了院子里。

这当然惹得房东阿姨更为恼怒，双方为此争执了好几次，但小伙子们好像对这样的事情早习以为常了，依旧如此。

有一天，他们向我借插座，说是弄来了一套VCD播放设备和话筒。把插座借给他们之后，我马上担心起来：当歌声响起的时候，必定又是一场战争。

果然，房东阿姨走出了屋子，可她的脚步却忽然慢了下来，好像被一句歌词给绊住了。"流浪的人在外想念你，亲爱的妈妈……"那是小李的歌声。唱着唱着，变成了合唱。音乐似乎有魔力，给所有人勾勒了一幅与乡愁有关的画面。我看到，卖煎饼的小夫妻停下了剥葱的手，隔壁的大姐也从窗口伸出了脖子。我不知道房东阿姨想到了什么，她转身，回到了自己的房间。

他们唱了很久，引得小夫妻和中年夫妇都去看热闹。从越来越大的声音里，我听到了一种对房东的挑衅。

大家好像都在等待某一时刻的来临。果然，八点钟的时候，对面的门响了。房东阿姨竟然满脸笑意，手里端着两个盘子送了进去，一盘毛豆，一盘水煮花生。这始料未及的一幕，让他们顿时安静下来。每个人都在猜想房东的用意，把音响关掉了。

此后，"集体宿舍"一直很安静。直到某一天，我下班回来，看到房东大叔正往院子里搬电视。我跟其他的租客一样，都受到了邀请——小院里的卡拉OK开始了。在大家的簇拥下，房东阿姨唱了很多首歌，她开心极了。但那首《流浪歌》响起的时候，我看到房东阿姨的眼里散发出了异样的光芒。她也许想到了自己北漂的儿子，也许想到了自己年轻时漂泊他乡的经历。总之，她脸上的笑容如暖阳一样，照耀着我们。谁也没想到，房东和租客之间的那道厚重的门，让音乐给推开了。

之后，房东阿姨时常哼着小曲进进出出，好像音乐在她身体里伸出了触角。有一次，卖煎饼的少妇剥葱时被熏得双眼流泪，她闭着眼朝屋里喊："给我拿条毛巾！"接过毛巾，擦好眼睛一看，才发现递毛巾的是房东阿姨。从那之后，小院里再也没有出现过葱皮乱飞的景象。暑假，中年夫妇留守在农村的儿子来小住，那位大姐只得将他带到自己当保洁的饭店里。房东阿姨知道后，主动承担起照顾孩子的重任。中年夫妇为此感激不已，每次回家必定带些土特产给她送过去。可房东阿姨却总是推辞，说带孩子是一种乐趣，好像占便宜的是她一样。

那时的小院就像一个温暖的掌心，收留着我们这些散落在外的沙子。每个夜晚，大家都在院子里摆好桌椅，轮流唱歌。房东阿姨一下子充满了活力，她喜欢拿起话筒时大家注视她的目光，喜欢那种热闹的气氛。

那个夏天，我们沉浸在音乐里。有时我们去河畔玩耍，房东阿姨也会同去。那时，她会对小李说："唱首歌吧。"小李有时唱《流浪歌》，有时唱别的，歌声渐渐从独唱慢慢变成合唱，顺着河流一直漂向前方。在那里，房东大叔正在垂钓。我们欢笑着猜想：上了大叔鱼钩的那些鱼，必定是听歌听得陶醉了。

中秋节，房东阿姨特地准备了一桌饭菜。我们一起唱歌赏月，也一起为"流浪"的身份而伤感，好在房东阿姨会把月饼分发到我们手里，让我们像回家了一样。没过多久，小院的墙上被写上了大红的"拆"字。这之后，我们纷纷离开了小院。离别之前，房东阿姨像母亲送别孩子一样，把我们每个人送出小巷，目送我们远走。

十几年过去了，每当听到《流浪歌》响起，我心里就好像有几条鱼在翻腾着，泛起层层涟漪。

他的坚韧和乐观，深深地影响了我。

月 亮 离 我 很 遥 远 ，

好 在 ，

月 光 还 在 。

我们从未长大，所以永被挂念

我不认识铁岗村的人

王国华

忧伤是从容的，需要几百年的酝酿，上千年的沉淀。一座几十年的城市，还不懂得忧伤。

一

我不认识铁岗村的人。

想到这里，我的心踏实下来。我向往每一个陌生的地方，在那里可以看到不同的人、遇到不同的事儿。

铁岗村是我经常来的地方，但走在这里，我不担心路上有人跟我打招呼——那样我会手足无措。我的要求不高，只想像蚂蚁一样碰触陌生的触角。这么做也许什么意义都没有。

时不时就来一次铁岗村，当然是因为离得近。

铁岗村是个城中村，在官方口径里，早已改成了铁岗社区。附近的流塘村、布心村、河西村等，也都改成了流塘社区、布心社区、河西社区。"村"这个字只活在本地居民和早期移民口中。

和很多城中村一样，这里有大量的"握手楼"——楼间距太小了，从这个楼的窗户伸出手去，可以握到另外一栋楼里伸出的手。但大家都缩进自己的屋子里，你伸出一只手，却不知另一只手在哪里。

在这些局促的、狭窄的巷道里与人相遇时，你就会体会到什么是真正的擦肩而过。每家每户能使用的土地有限，所以大家拼命向天空要土地，让楼房长到云霄中。

据说有些地方规定，自己盖的房子最高不能超过五层，可谁会规规矩矩地遵守呢？每层楼都是钱啊，把楼盖好，坐在家里数钱就好了。

那些租住者数着日子向业主交租，他们忙得连握手的机会都没有，即使对面的邻居忽然伸出手来，也只会瞟对方一眼，转身煮自己的饭。

早年间，这样的"握手楼"下污水横流、垃圾遍地，住在里面，几乎无尊严可言。我看到的铁岗村，还有附近的几个村子，其实都算得上干净。

人，应该还是那些人吧？生活方式终究要有点儿变化，没人逼着变，自己也要变。

二

我曾设想，在这个城中村里有一个我的好朋友，他居住在某栋楼的三层或者四层。他家的防盗门敞开着，房间里杂乱地摆放着电脑和画布，画布上是未完成的油画，电脑里是刚写完的一篇小说；四处弥漫着经久不散的烟雾，即使打开窗，屋子里也明亮不了多少。他似乎跟明亮有仇。

我经常出现在他家的客厅里，和他一起喝茶、抽烟、谈诗歌，读自己刚刚在微信上写完的诗。对方闭着眼听着，也可能根本没在听，只是在闭目养神。我们坐在一起，就是一首诗。

他每天早晨要去楼下的"沙县小吃"点一份炖盅、一份煎饺，慢慢地吃完，然后在附近散散步。铁岗村真没什么可转的，他要走出这里，到铁岗水库的绿道上去散步，那里一年四季鲜花盛开。跟北方不同，岭南的春天是落叶的季节，黄叶一夜之间铺满尘世，新芽和落叶无缝对接。

走在黄色与绿色之间，他就避开了城中村的市井与凡俗，在树枝随时会碰到头的道路上舒展自己的高贵以及梦想。

假如我住在另外一座城市，一个千里之外的远方，想到深圳市宝安区西乡街铁岗村有自己的一个朋友，深圳在我心里就会温暖起来。下了飞机，我会风尘仆仆地坐大巴赶赴这里，扔下行李，在他家的洗手间里冲个凉，和他到楼下喝罐冰啤酒，吃地沟油炒出来的辣嗓子的湘菜或川菜，然后兴奋地谈论诗歌。

那几天，我们白天访友逛景，忙忙碌碌；晚上回来，就在"沙县小吃"凑合一顿。

离开时，我们会大喝一次，喝到兴奋时，也许会抱头痛哭。他问我什么时候还会来，我说不知道。

以后的日子谁知道呢。

可是如果我和这个朋友住得很近，那么我们就没有那么多话说了——在楼下遇到，点点头过去，甚至视而不见。

人和人太熟悉，肉体长在一起，有时像手指，碰一下都疼；有时像头发，剃掉了也没什么。

想到这里，有点儿隐隐的难受。

三

铁岗村真的有一家"沙县小吃"，在深圳的任何一个角落，都会找到"沙县小吃"。

"沙县小吃"店里的店主差不多都是一个样子——一对年轻夫妻，不胖不瘦，不高不矮，家里有一两个在门前乱跑的大娃娃，身边跟着一个蹒跚学步的小娃娃。

铝制的盆里，肉馅儿散发着新鲜的气息，肉馅儿那么细腻，细得像沙子。店主一年四季都在拌馅儿，捏饺子。

我最爱他们店里的"飘香拌面"——简单的一把面，扔在锅里煮一下，捞出来，拌一点儿麻酱，再放一片生菜叶就好了。

人来人往的时候，老板会表现出跟顾客很熟的样子——"来啦，请坐""吃点什么""走啦，再来啊"。

也有不怎么说话的店主，但眼神儿很亲切，仿佛一下子就认出了你是谁。

他当然不会记得每一个人，如果我在街头跟他打招呼，他可能会发蒙，心想：这谁啊？认错人了吧？日本一家做"烧鸟"（类似于鸡肉烧烤）生意的餐馆，顾客非常稳定，每天谁会来，什么时候来，基本固定。日本似乎有很多这样的店铺，这跟日本的国民性格有关，执于一念。一段时间内，一个常客忽然不来了，那一定是他的生活发生了变故。店主去看望这位住院的常客，常客认出他来，潸然落泪。

店主讲完这个故事，眼里亮晶晶的。

顾客和店主都有自己的生活，都有自己的光阴需要消耗。每个人都是别人眼中的过客，见上一面，第二天还是过客。

四

我经常用手机拍照，我和身外的事物因此有了隐秘的联系，这样我就不会孤独。

在铁岗村，我一般只拍视野的上半部分。视野的下方太杂乱，汽车、树、垃圾箱、共享单车、市民晒的腊肠、店铺，以及摆在店铺门口的各种商品……它们像树根一样，盘根错节，又有自己的排列规律。

我从店铺门口经过时，随手拍照，店主用浓浓的粤式普通话发牢骚："又来检查啊，没完没了的。"拥挤的画面，你怎么摆也摆不整齐，也躲不开。它们让我感到紧张。

我喜欢拍天空。天空其实只是背景，画面的主角可以是高楼的一角，可以是树上的一朵花。干净，明亮，这才是世界应有的样子。

主角还可以是白云。深圳的天气真好，白云真多，即使下了雨，那些受伤的云彩晚上睡一觉，第二天醒来，又开开心心地出现了。他们不用为自己操心，一切有蓝天安排。想想，把命运交到别人手里也是不错的事。

每一个城中村都是一个自足的小社会，在那里，只要基本生活解决了，你可以在里面过一辈子。

铁岗村一面是围墙，一面是臭水沟。臭水沟边上有高高的铁丝网，也许是为了避免行人掉下去，也可能是防止人们往里面丢垃圾，但其实里面已经布满垃圾了。几朵粉红的簕杜鹃趴在铁丝网上，兴高采烈地盛开着。

围墙那面是一排临街的店铺，从外面路过，你看不出这里是一个村子，你看到的是宽阔的马路，各种店铺和店铺里偶尔进出的人。你分不清谁是店主谁是顾客，大家都从容地做着自己的事，说着自己的话。

再往前走，有一个门，门上写着"铁岗村"三个字，门口是个广场，边上是居民活动中心，有人在里面打牌、聊天儿。广场周围栽了一圈树，浓荫下坐满了纳凉的人。

资料显示，铁岗村的户籍人口只有三四百人，而这里实际上至少有三四万人。大量的外来人口淹没了本地人。

本村的"原住民"比例最小，但是他们爱扎堆。坐在树下乘凉时，他们叽里呱啦地说着粤语，这时你会感觉到这里是他们的地盘。

人们像一排站在电线上的小鸟，各自叽喳着自己的心事。风一吹来，他们的心事就刮得漫天乱飞。你听不到，但你能看到。

那些乌泱乌泱的人群，杂乱无章，他们沿着烈日指引的方向，走在不同的路上，像微小的蚂蚁一样转来转去，最后都能找到自己的家和亲人。他们的亲人也转来转去，最后也都找得到他们。多神奇啊，大家都不会迷路。

我是一个闯入者，一个外来的、跟他们毫无瓜葛的路人。我看不到他们的悲欢，他们也看不到我的悲欢，我们对彼此来说都是陌生人。

但我已没有热情去主动结识他们，和他们成为知己。一个人这一辈子能认识几个人，结交几个朋友，是有定数的。

五

铁岗村有着很多熟人的痕迹。

一个叫"打铁"的文艺团体，汇集了漫画家、作家、诗人、编辑、公务员、演员、主持人等，是一个松散的文艺社团。

我跟打铁文艺社的人很熟，时不时会参加他们的活动。

在铁岗村的墙上，我看到了他们的涂鸦。他们在一面又一面的墙上画了好多画，有抽象派的，有写实派的，有印象派的，在我这个外行看来，大概只有两个字可以概括——很好。

广场围墙上的涂鸦是十二生肖，画成了3D效果。属虎的人，站在老虎前面拍张照，后面的老虎呼之欲出。还有夜光漫画，晚上灯光暗淡，一幅画挂在黑夜里的一面墙上，走夜路的人看到，心里一亮。

也有民间创作者参与进来。在墙的低处，小孩子们会写上"某某某是小王八"之类的话，成为整幅作品的一部分。

还有办证、刻章的广告，黑黑的一个长条，大大方方地印在那些图画上，有点儿无厘头，却使得涂鸦更加丰满，有一种出人意料的效果。

这些涂鸦是政府扶持的文化项目，由打铁文艺社召集国内一线漫画家创作。据说，铁岗社区要把这里打造成独特的文化景点。

对于铁岗村的大多数居民来说，有或没有这些漫画，都无所谓，这不是他们的生活，超市、理发店才是。

文化有立竿见影的效果吗？没有。但那些出出进进的人，他们目力所及的就是这些涂鸦，久而久之，心思被熏染，思维也会受到影响。这些原本陌生的东西，早晚会变成他们身体里的一部分。

六

听汪峰的歌曲《北京，北京》，有一种感觉，同为一线城市，北京有种忧伤的气质，但上海没有，深圳也没有。在火热的深圳，成千上万的人时时刻刻都在演绎自己的悲欢离合，他们的泪，他们的血，他们的爱恨离愁，没有忧伤做背景，瞬间就被抹掉了。

忧伤是从容的，需要几百年的酝酿，上千年的沉淀。一座几十年的城市，还不懂得忧伤。

我在深圳、在铁岗村，只看到陌生，硬邦邦的陌生。我想把陌生，变成我能承受的忧伤。

铁岗村，是我走向忧伤的第一步。

从那以后，一人一猫的这种「敲门蹭饭吃饭，蹭完还要求送回家」的关系就这么一直维持着。

楼猫

老阿姨在看着你

一

　　我的一个朋友，几年前赶在房价大涨前，在北京买了套房子。

　　他的父母在外地工作，他自己也还没有对象，就一个人住在那个全是老人的小区里。

　　他住的小区，是一个已经消失了的事业单位的家属区，非常小，住户也都是当年单位的职工，随着老人们的离世，院内的人越来越少。

　　也许很多人好奇，为什么没有新人搬进来。

　　其实也有，但是非常少。这个小区的房价这几年飙升，是原来的好几倍，老人去世了，孩子们都有自己的房子，空着的房子一天一涨价，租金让无数人"望房兴叹"，所以房主都留着房子，准备卖得更贵一些。

　　小区很小，只有两栋五层高的楼，每一栋四个单元，每一层住两户。一到晚上，小区一半的房子都黑着，因为没人住。

朋友说他傍晚回家时能听到乌鸦叫，再看看小区寂寞的灯光，总觉得和恐怖片里的场景一样。

朋友所在的单元里，十套房子只有三户长期有人住，分别是一楼的一对老夫妻、一楼的一家四口，和五楼的他。单元的二、三、四层都没有人住。

一楼的老夫妻退休很多年，夫妻两个常年在家，再加上单元有门禁，所以基本不关家门。

老夫妻养的猫经常蹲在家门口，或者在楼洞里活动。朋友每天回家都能看到这只猫，不是蹲在家门口，就是站在楼梯上。仿佛整个单元楼是一个巨大的猫爬架。

小区当年每家每户的门都是统一装的，门外有个把手，进门后若不锁门，从外边只需要拧一下把手就能进去。这一点，小区住户都知道，包括"楼猫"。

朋友下楼时亲眼看到过楼猫助跑跳起，靠着惯性在跳起瞬间伸爪拉把手，自己开门进屋。

楼猫很听话，从来不会离开单元；楼猫也很寂寞，看到朋友不害怕它，就主动去"撩"朋友，混熟后也开始接受朋友的投喂。

爱心泛滥无处奉献的朋友一开心，干脆买了一堆猫罐头、猫布丁之类的零食去讨好楼猫。

虽然楼猫不拒绝，但朋友有些担心，他害怕把楼猫嘴养刁了，不肯吃老夫妻家的饭。

不过后来问了问，楼猫并没有挑食，老夫妻依然每天喂猫。虽然朋友一直怀疑，老夫妻喂猫吃的东西如果发上网，可能会被很多爱猫人士声讨。

楼猫并不嫌弃自己在主人家吃得不好，每天在朋友那里过完嘴瘾，依然回家吃自己的"粗茶淡饭"。

二

有一天，朋友在家打游戏，忽然听到有人推门，看了一下猫眼，没人，然而门就是响个不停。

开门一看，楼猫坐在门口。他把门一开，楼猫呲溜一声溜了进来，蹭着他的裤腿撒娇。

朋友以为猫专门上来讨吃的，立马开心地打开一个猫布丁喂给了它。

楼猫吃完布丁，就示意朋友开门，它要出去。

朋友刚把楼猫送出去没多久，楼猫就又来撞门；放进来，又要出去；放出去就又来撞门。

反复几次，朋友实在忍不住了，就抱起楼猫下楼去，这才发现一楼老太太家的门锁上了。

朋友想起了前几天本小区发生的惨剧：奶奶在家带年幼的小孙子，结果煤气中毒，和小孙子一起走了，在家躺了几天才被发现。

于是朋友用很大的力气敲门，敲了一阵后，一楼的老夫妻才慢吞吞地来开门。

朋友这才明白，原来老夫妻以为猫在家里，就把门锁上了。等到在楼道中巡逻的楼猫想回家时，发现门上了锁，自己开不了门，撞门，老夫妻耳背，没人给它开门，猫就一层一层试着求救，就这样撞到了朋友家。

从那以后，一人一猫的这种"敲门蹭饭吃饭，蹭完还要求送回家"的关系就这么一直维持着。

我们都嘲笑朋友魅力不够大，留不住楼猫，还被楼猫当成了"有送回功能的免费饭店"。

"金窝银窝不如自己家的老窝啊，吃的玩的换了很多种都笼络不住，我也没办法啊。"朋友发了张堆满各种猫咪用品和食物的角落的照片给我们。

三

大概是从楼猫主动勾搭了朋友后开始，朋友和一楼老夫妻的关系越来越好。

老夫妻家不大，非常干净。老先生是高级工程师，家里的书柜堆满了书；老太太喜欢种花，院子里种满了稀奇古怪的植物。

朋友越和老夫妻接触，就越觉得老夫妻很寂寞。

每天朋友上班，都能遇到起个大早却不知道在忙什么的老夫妻，互相问早上好。

送楼猫回家的次数多了，老夫妻周六、周日还会叫朋友去吃饭，一和他聊天就没完没了。

"老夫妻的孩子在哪里？"朋友想过无数种可能，但都没有开口询问。

老小区的好处，就是院子门口总有那么几个老太太在聊天打牌，东家长西家短，各家的情况她们一清二楚。朋友比较喜欢和老年人聊天，也比较热心，愿意帮老人们做一些粗活累活，小区的大妈们都很喜欢他。

所以朋友也听到了一些一楼老夫妻的八卦——他们的孩子就在北京，但是基本不回来看他们。

"小区的老人家基本都这样，孩子忙，没办法，大家都能接受。"在门口闲聊的老太太的话，让朋友觉得有些"扎心"。

老夫妻总让朋友想起自己已过世的奶奶。所以他也是力所能及地帮老夫妻做一些家务，打扫打扫院子。朋友的父母知道朋友这么做，都表示了肯定。

不过后来还是发生了一件不愉快的事情，比喂不熟的楼猫更让朋友感慨。

四

某个周末，朋友帮老夫妻打扫好院子，老夫妻留他吃饭。恰巧老夫妻的女儿没打招呼就带着家人回来吃饭，进门看到老夫妻和一个不认识的男孩子一起吃饭，饭菜还挺丰盛。她也不问朋友的工作和情况，直接在饭桌上咬定朋友主动和老年人套近乎是不安好心，让老夫妻提防别受骗。

朋友觉得挺没意思，没等他们送客，就主动离场。而楼猫则跳到朋友怀里，跟着朋友回了家。

朋友说，他走到三楼，都能听到一楼的老夫妻跟孩子们在吵架；走到五楼，就看到老夫妻的女儿一家开车离去了。

整个下午，楼猫都在朋友家，躺在朋友专门给它买的高级床上，用着电动猫厕所，吃着进口的猫罐头，玩着朋友给它准备的猫爬架。当然也是有"回礼"的，比如，楼猫会在朋友打游戏的时候，主动过去让朋友"撸一撸"。

　　然而到了晚上，楼猫就又开始示意朋友送它回家。朋友只得厚着脸皮，再次去老夫妻家送猫。

　　老夫妻看到朋友来了，让朋友进屋坐坐，朋友婉言谢绝了，并且表示"让陌生人进家门确实不好"，老夫妻显得非常尴尬。

　　关门的瞬间，朋友听到了猫的叫声，以及老夫妻的叹气声。

　　朋友说，他并不觉得老夫妻有错，也能理解老夫妻儿女的想法，他们也是为老夫妻好，只是情商略低。但他也反思了自己的行为，确实有些鲁莽了。

　　从那天开始，朋友还是每天和老夫妻打招呼，主动喂楼猫；而老夫妻也还是会帮朋友收收快递，每天见面问好。

　　但从那以后，朋友再也不进老夫妻的家门，更不会去吃饭了。哪怕老夫妻一而再再而三地邀请他。

　　他们唯一的互动，只有那一只猫而已。

　　我们都劝过朋友，自己养一只猫算了，不用每天跑，也不用看人脸色。

朋友笑了笑说："你知道吗，我和一楼的老夫妻聊到过那个和孙子一起煤气中毒，好几天之后才被发现的老太太，老夫妻很担心自己也会有这么一天，希望我经常去他们家敲敲门。楼猫对于我，就是老夫妻家的门铃吧。"

市井深处的粢饭团

穿过流水

那时我还没意识到，这段安静而充实的光阴在日后忙碌的岁月里显得多么珍贵。

深秋，天气骤然凉了，出门看见车轮卷着黄叶经过，寒意袭人。

公司楼下开了一家名为"桃园眷村"的台湾馆子，除了卖经典的大油条和美味的豆浆，还有几种不同口味的粢饭团。我最喜欢夹着台式香肠、咸菜和特制油条渣的饭团，因为那是我在北京吃到过的最接近故乡口味的饭团，虽然配料的味道略有不同，但软糯的米粒都足以让人心生一番绵绵的滋味。

高中时，我家附近有个粢饭团摊，做粢饭团的中年妇人早上很早就推着一辆木头小车过来，围上朴素而干净的围裙，开工卖饭。每每见她用纱布裹些粢饭团，再把自制的香肠和土豆丝放在上面，揉成团状，压实，成型。站在旁边，猛吸一口气，便觉得那粢饭团分外喷香，咬到嘴里，顿时香气四溢，吞到肚子里，有踏实而满足的感觉。好的粢饭团，米粒间要紧实弹软，温度也要适宜，里面裹的馅儿得有甜馅儿和咸馅儿之分。香肠和土豆丝就属于咸馅儿。香肠得是自制的，里面灌的肉要香而易嚼。土豆丝或者其他咸菜必须是现炒的，温热新鲜，配在里面才好烘托出香肠浓郁的香味。反倒是卖粢饭团的行头不怎么讲究，有穿白大褂的，也有系花围裙的，每个粢饭团摊主均有属于自己的风格。

读高三时的那个冬天，父母常一大早就去给我买饭团，因为粢饭团不能二次加热，所以他们每次都用厚围巾裹着保温。而我，总是很快将饭团塞到嘴里，特别满足地吃完；或者带两个去学校，和同桌趴在教室外的护栏上一起吃。那时候，我们一边看着远处马路上来往的车辆，一边任凭夹着香肠的粢饭团在嘴里爆炸，猜测着彼此未来会去哪座城市读书，那座城市又是什么模样的。记得有一次，同桌和我说："你知不知道世界上有个地方叫香格里拉？'香格里拉'是世外桃源的意思，那里有雪山、冰川，还有很多神秘的山谷……"我听着她的描述，觉得香格里拉很美好，与她相约日后去那里生活。少年时，人总是充满对未来的想象和勇气，以为只要我们长大，就会无所不能，就没有抵达不了的地方。

细细算来，整个高三我吃下的粢饭团加起来大概可以堆成一座小山，用今天的话说，我算得上是粢饭团摊的"宇宙超级无敌VIP王者卡"客户。

进入大学，学校食堂偶尔也会做些简单的饭团，将雪里蕻和肉末草率地夹在里面——在单调的年代，这样似乎已经足够。大一时学校安排了晨读，一早醒来先去食堂买早饭，然后顶着瑟瑟的冷风从食堂走到教室，这时糁饭团成了不错的暖手袋。待进到室内，坐定，乘着透进玻璃窗的阳光看书、吃早饭。阳光折射后洒在包着饭团的塑料薄膜上，有种奇异的色彩。那时我还没意识到，这段安静而充实的光阴在日后忙碌的岁月里显得多么珍贵。

毕业后我来到北京工作，有很长一段时间都没有找到卖糁饭团的地方，于是妈妈每次来看我，都会买好糁饭团用饭盒装好带来。数年过去，现在我坐在公司楼下的小馆子里，点杯豆浆，配上饭团，咬一口，便可开启昔日时光的闸门。

最终我也没有去香格里拉，但我公司附近有一家叫香格里拉的酒店，虽然两者差着十万八千里；同桌去了更远的国度，那里没有香格里拉，但靠近雪山。

一年将去，周末在家整理房间，心情也随之明朗了许多。黄昏时从阳台收回浸着阳光味道的衣服，抬头望见天空与众不同的光彩，某种闪耀的东西幻化进了眼眸。回到客厅，翻翻旧相册，生命中飘落的场景、爱我的人们的容颜，一一堆积，恣意淡然。离家越久，就越发能感受故乡和曾经的人与事、亲情与友情在自己心中的分量，好在，食物给了记忆最大的安慰。

岁月滋长，有时回到故乡，我还是会去买上一枚糁饭团。手中的糁饭团褪去了所有的浮华，只有踏实的纹路，闭上眼睛，空气中的味道令人无比依恋，好似某年某日的惊鸿一瞥，其间包含了无限的温柔。

　　我始终相信，所有关于食物的风花雪月都是可以被记录在案的，哪怕韶华会远，朝颜易逝，哪怕所有的灯火皆已熄灭。

我是你爸爸，你是我祖宗

刮刮油

在温和的态度下，他果然思想转变得很快。每个人都希望被温柔地对待，孩子也是。

一

那日我带儿子回我爸妈家吃饭，在楼下碰见一位邻居。许久未见，见面自然一番寒暄。

邻居："嚯，回来啦？最近怎么样，忙吗？"我："还可以。"邻居："还在那儿工作吗？最近经济形势不好，你们这行也不好做啊。"我："是啊。"邻居："老二也该上幼儿园了吧？得排队报名。"我："没错，现在幼儿园资源也紧张。"邻居："哎，真是好久不见了。"我："是，你呢？还那么爱吃？"邻居一愣："对，我这人嘴馋，就好口吃。"我："爱吃好啊，还那么能睡？"邻居："嗯，沾枕头就能睡着。"我："真不错，得，我先上去了，回见！"邻居："回见！"上了楼，我儿子问我："爸，你问的怎么跟叔叔问的不一样？"我微微一笑，暗忖教育儿子的时机到了。作为父亲，我总是具有高度的敏感。

我："怎么不一样了呢？"儿子："叔叔问你工作啊，幼儿园啊，可你问他吃饭睡觉的事。"我一脸深沉："呵呵，儿子，每个人的想法不一样。我问问你，如果叔叔工作不好做，我能替他去工作吗？"儿子："不能。"我："那么我能替他给他的孩子上幼儿园排队去吗？"儿子摇头："谁的孩子谁排队！"我笑了："对，所以我不去问这些。如果这正好是别人烦恼的事，而你又不能替他去做，何必去问呢？"我儿子点点头。

我趁热打铁："你想想，如果一个人心里有烦恼，他还能吃得香、睡得好吗？"说完这句话，我的表情满含禅意，带着高僧般的笑容。儿子果然若有所思，摇了摇头。

对孩子的教育不能靠生硬的灌输，更重要的是平日里见缝插针的闲聊。

想到这儿，我心中有点儿得意。对于教育孩子，我向来是有深入思考的。

"爸爸。"儿子眼里闪着光，他一定求知若渴。

"怎么了，儿子？"我慈祥而欣慰地看着他。

只要你懂了，爸爸就很开心，我想，那时我一定充满了父亲的光辉。

"你这么问他，你能替他吃饭睡觉吗？""一边待着去！"祖宗，爸的心好累啊！

二

我儿子有一种心理，任何爱好只要上升到学习的阶段，他就再也爱不起来。

之前他还挺喜欢看书，但最近开始兴趣索然。

上了二年级，他的语文课开始有写短句的需求，我发现他对事物的描述只能写成如下的样式：迪士尼真好玩。这朵花真好看。冰激凌真好吃。

我对这件事进行了深刻的思考。

当然，首先考虑到他的年龄，我并不能要求他长篇大论写出什么花儿来，但作为一个善于观察和思考的父亲，以我对他的了解，他对事物的观察绝对不该只这个程度，我必须适当地引导他，避免使用这种简单粗暴、枯燥干涩的语言。这是一个父亲应该做的啊。

我内心的责任感像开锅的水蒸气瞬间蒸腾而出。但怎样来引导，是一个值得考虑的问题。

直接告诉他一定是一个最坏的方法，非但不能引导他把自己真实的所见所想写出来，还会限制他的思想。我不能做这样一个禁锢孩子思想的爸爸啊。

我为自己的开明而微微傲娇。

我决定好好跟他谈谈。

"儿子，我看了你的写话本，有点儿意见想跟你聊聊。你想听吗？"我温柔地说。

"不想。"我儿子玩着玩具头也没抬。

"那周末看电视的时候我再跟你聊吧。"我更加温柔地说。

"行，现在聊。"他放下手中的玩具，相当配合。

在温和的态度下，他果然思想转变得很快。

每个人都希望被温柔地对待，孩子也是。

"儿子你看，如果我跟你说，迪士尼真好玩，你能知道怎么好玩吗？""我能。"儿子诚恳地说。

"你不能。你怎么能知道哪儿好玩？"我突然意识到自己有点儿不淡定，赶紧回到了温柔的轨道，"你是因为去过那儿才说知道，要假设你没去过，那么你听了我说的，能知道怎么好玩吗？你要能知道，咱们下次就不用去了，我在家给你说说就好了。""不不不，绝对不能知道。"我儿子又想通了。

温柔果然还是最好的良药。

"这就对了，我们写话的目的，就是要让没有去过那里的人看到你写的话后，好像到了你说的那个地方。"我语重心长，"你明白了吗？""嗯，我明白了。""不过你现在这样也是正常的，爸爸刚开始写作文的时候，语言也很匮乏，不知道怎么写。不过我没有灰心，我记得有一次我为把一朵小花的形态写清楚，趴在地上从花蕊、花瓣到茎叶，从形状到颜色，足足观察了半个小时呢！"我儿子听得很认真。

"还有，阅读是个好办法，大量的阅读可以让你建立文字和写作的概念，积累足够多的词汇，然后再跟自己脑子里的东西结合，不愁写不出具有自己特点的短句来。"作为爸爸，干巴巴的说教不是我追求的，如果想要达到目的，让孩子听进去很重要，要用实例——最好是自己的例子，以鼓励结尾，再辅以一个好建议，这才是一次有成效的引导啊！我对这次教育颇有点儿得意。

这时候，孩子的妈妈走过来。

"呦，爷俩儿聊什么呢？聊得这么热闹。""妈妈！"我儿子眼里闪着光。

看他兴奋的样子，我想，听我用心说了这么多，他一定很有心得。

我甚至有点儿期待他对这番谈话的总结，挑着眉毛示意儿子跟妈妈谈谈感想。

"妈妈，你知道吗？我爸小时候不会写话，写个花儿写了半小时写不出来，还得出去看，你说我爸语言多匮乏啊！""一边待着去！"祖宗，爸的心好累啊！

三

在跟孩子的相处中，我殚精竭虑，既想树立威信，又不想仅仅流于威信，讲科学，讲道理，举事实，编故事，战战兢兢，勤勤恳恳，生怕一不小心就落了下风，拼了老命才成为一个不那么称职、仅仅还说得过去的爸爸，但是人家轻轻松松就成了我祖宗，让我自叹弗如。

在当家长的修炼之路上，我的道行还差得远呢。

踩泥造屋

孙君飞

我快乐得想变成一只鸟，在新房子的上空盘旋几圈，飞累时就踏踏实实地落到屋脊上，心里明白，这座房屋也是被我们的脚踩出来的。

当风、雨水和寒冷开始挤占旧房子的空间时，父亲决定在村庄东边重新盖一座更结实宽敞的房子。

房屋以砖木结构为主，所以在盖房子之前需要购买砖瓦。我们不是有钱人家，最不缺的只有身上的力气，于是父亲决心自己打砖瓦烧窑，用省下的钱挑选更好的木材。盖房子这么重大的事情，我也要像一个男人那样出大力气。父亲却说："你每天只需要带好弟弟，放好羊，再抽空到野外割回一篮子牛吃的青草就行了。"我大声说不——弟弟已经长大，羊也会自己吃草，我已经是村里最年轻的"割草大师"。父亲笑了，说我可以跟着他们到河湾里踩泥巴。踩泥巴？我一时间愣住了，当想到这是打砖瓦前最重要的一个环节时，头顶上的那团阴云就很快飘走了。

生产队的砖瓦窑建在河湾的土坡上，取土用水都方便，让一脸煤灰的烧窑人到河里泡澡扎猛子也很方便。我喜欢看窑里熊熊燃烧的烈焰，这里的空气带着一种焦香。不过我从来没有在打砖瓦前踩过泥巴，我猜想这应该像一种好玩的游戏，即便是一件体力活，我也完全能够胜任。

父亲选定质地最好的黏土，请人一车接一车地拉到打砖瓦的场地。我看不出这土有什么好，这些黏土跟其他泥土一样黄，长在上面的野草也不见得有多茂盛。等父亲在黏土里加入草根、水稻叶和灶灰，再加进足量的水，我就跟着大人们开始赤脚踩泥巴。

刚开始我把这当成游戏玩，把裤腿卷得高高的，低着头，使出吃奶的力气猛踩，左脚踩罢右脚踩，踩着踩着还蹦跳起来，恨不得一下就把生土踩成烂泥。不但我的脚掌、脚跟有使不完的劲，我的脚趾头也斗志昂扬，踩得泥土"噗噗"响，像在叹气，又像在笑。父亲任我玩，让我猴踢马跳，他在旁边不紧不慢地踩着，用脚趾头在泥巴里探路，像在寻找什么宝贝，随后挑拣出来不适合烧制砖瓦的卵石和杂物。父亲请了几个大人来帮忙踩泥巴——这种力气活永远不嫌人多，村子里路过砖瓦窑的人如果没有其他农活可干，心情也不错，就会脱了鞋进来帮我们。人一多，我踩得更起劲了，一脚踩下去，泥巴竟然从脚趾头缝里高高地溅起来，溅到我的裤子上、脸上和鼻尖上。我想象着自己丑八怪的样子，不由得大笑，好不快活。

"泥猴子啊，你不能这样踩。"长相英俊的表叔劝告我。我正在兴头上，自然不听，我甚至想把脚下这片泥巴踩成一张可以舒舒服服躺下来做梦的大床垫。然而不到半天时间，我就败下阵来——湿泥巴越来越紧地抓着我的脚踝，一点儿一点儿地吸走我身上的力气，疲劳感也偷偷摸摸袭来，我突然开始讨厌头顶的大太阳和吹向我的风。我身陷泥沼难以自拔，再没有多余的力气说笑，而大人们踩泥巴的动作却像是在从容优雅地跳舞，他们说话也像在唱歌，有的人一边踩一边吸烟，还有的一边踩一边讲笑话。我腿上的肌肉和关节却越来越酸疼，真想躺到还没有踩成的泥巴垫子上睡一会儿啊，但还没有踩完，我只能坚持着从中心踩到边缘，再从泥巴边缘跳出来，到旁边歇息一会儿。

　　我默默地坐在一旁，观看大人们一脚接一脚毫不懈怠地踩着泥巴，我开始明白，所有的劳动都不是游戏，都很辛苦，既需要年轻人的力气，也需要年长者的经验。男人们仍旧在泥巴里奋力地踩着，用说笑为这种单调的劳动增添乐趣。汗水流过他们赤裸的脊背和胸膛，我意识到，这个世界很坚硬，而他们要在坚硬的地方凿出一个属于自己的家园。他们和我都是生而没有翅膀的人，没有办法远走高飞，只能手拿凿子，一下一下地凿，凿出火花。我离成为一个真正的男人还有很远的距离，但我觉得自己表现得还不错，我心里有梦，也敢在泥巴里踩上几脚，我只是需要明白，世界上不只有柔软的泥巴，还有看不见的石头。

在接下来的日子里，我终于找到踩泥巴的感觉，如同母亲揉面团一般，从早到晚地踩着，不喊累不厌倦，连父亲也感到意外，让母亲杀一只老母鸡犒劳我。我跟大人们一起将泥巴踩得足够熟、足够软，也足够韧，提起一把湿泥巴，它就像抹了油一般从手中滑下去。脚完全适应了泥巴，就可以借力打力，感觉到泥巴的弹性和紧致。泥巴不再粘脚，而是配合我们的脚跳舞。我一边消耗体力，也一边体验快乐，而大人们已经无所谓快乐不快乐了，只顾平平常常地干着，平平常常地活着，什么都接受，什么都觉得满意，这是大人们最奇怪的地方。

最后烧出来的，砖红瓦青，颜色鲜艳，没有杂色，结实齐整，轻轻地敲击一下，砖和瓦都能发出动听的声音。父亲和烧窑的师傅都松了一口气。他们换了新的鞋袜衣衫，去准备木材、石头和石灰，开始打地基、立柱子、搭脚手架、垒墙，房屋越建越高，门窗徐徐打开，两面坡也终于铺展开来，直到栩栩如生的吻兽威严地端坐到屋脊上。我家的新房子被这群能干的男人们建造了出来，他们既是默默无闻的劳动者，也是这里有名的造梦师。我快乐得想变成一只鸟，在新房子的上空盘旋几圈，飞累时就踏踏实实地落到屋脊上，心里明白，这座房屋也是被我们的脚踩出来的。

他用一个男人的浪漫，

给我面对困境的力量

ChengWang

我想，永远保持对生活的热爱，永远保持

爱做梦的少年情怀，永远留着那颗不服输的赤

子之心，这才是父亲给我的最珍贵的东西。

一

香港，秋夜。

黑暗的客厅里，电视机画面发出的彩色流光照着空荡荡的沙发。父亲不在客厅，就一定在阳台上。我推开通往阳台的玻璃门，果然闻到香烟辛辣的味道。

10月的香港依然空气湿热。头发已经全白的父亲坐在小木桌前，穿着灰色的棉布睡衣套装，手里捏着一只白色电子烟，面前放着打开的啤酒和中秋没人吃的半块月饼——因为经历过饥荒，他对下酒菜的要求近乎为零，什么剩下了就吃什么。

"还挺热啊。"我说。

"还行，有风。"父亲的注意力并没有离开电视，他透过阳台的玻璃门聚精会神地看着，白天晾晒的衣服在他头顶不远处微微飘动。

吃完饭，他开始看戏曲台的京剧，或者中央五台的足球比赛，然后看中央四台的抗战剧……到了深夜，他会打开储存着几百套评书的收音机，听着单田芳口中腥风血雨的江湖慢慢入睡。夜夜如此。

　　细想，这些都是带着他成长烙印的东西，和他此刻身处的香港一点儿关系都没有。和走到哪儿都能马上适应并交上朋友的母亲相比，父亲有保持自己节奏的习惯，亦有沉浸在自己世界里的力量。

二

　　父亲性格内向，喜欢一个人在房间里看书，以至于连终身大事都耽搁了。他40岁才结婚，42岁时才有了我。这让我觉得很遗憾，因为我最初记忆中的父亲，也是起码45岁的中年人了。他的少年时代、青年时代，我都无缘了解、参与，只能从他的寥寥数语中去拼凑这个影响我一生、让我不断仰望的人。

　　我的记忆里，父亲永远在出差，永远步履匆匆、风尘仆仆。他不算是有情趣的人，更不算是会享受生活的人，可我一次又一次地发现，他的热爱、他的兴趣、他的赤子之心，是在用另一种方式存在和表达。

　　父亲1943年生于天津，前半生物质生活极度匮乏，但我很少听到他抱怨和回忆过去。

　　三年自然灾害时期，他正读大学。可每每提起，他说的都是在足球场上驰骋的快意。那时候大学生去踢一场球会补助两个馒头。为了馒头，他和一班好朋友拼命踢球，因为赢得越多，补助就越多。他们最后奇迹般地拿到了全省联赛的亚军，父亲还被评为国家二级运动员。

他还提起大学时逃课去茶馆听戏、听评书，潇洒的做派让他得到个雅号——王大少。我一直以为他那些年没有吃什么苦，直到有一次家里蒸红薯，爸爸皱皱眉说："吃不下了，那些年吃了太多，现在看见红薯就反胃。"

当年，父亲的梦想是为祖国设计、制造战斗机。他的学习成绩一直都很好，按当时的成绩，考上他心仪的北京航空航天大学易如反掌。可是，却两次落榜。父亲心灰意冷，去了河北师范大学。

他很少提起这些，偶尔多喝了几杯才会说起。可当我尝试更多了解命运对他造成的伤害时，他却又开心地说："上大学的时候，踢球有馒头吃……课可以不上，茶馆里的戏不能不听……"

他的坚韧和乐观，深深地影响了我。

升初中时，我意外考进了"超常班"——读完五年中学后直接升入大学，基本等于一只脚踏进了清华、北大，也等于和一班理科"学霸"做了同学。家人对我的期望很高，可入学之后我才发现，我根本跟不上进度。小学时常考年级第一的我，在这个班成了落后生，数学、物理考三四十分是家常便饭，连对自己喜欢的英语都没了自信。成绩越差，我就越紧张；越紧张，我就越难以集中精力学习。最后情绪跌落到谷底，我甚至出现了心理问题，有了自残的举动。

在那段最痛苦的时光里，父亲的坚韧性格影响了我。我想，我遇到的困难，比起他遇到过的，简直不值一提。那时支撑我的是对文学的热爱，我熟读《红楼梦》和所有金庸、古龙的作品，还偷偷写武侠小说。而事实也证明我并不是一无是处，我的作文常被老师当成范文在课堂上朗读。在一个理科班级里，文学带给我的这种微不足道的肯定，让我挺了过来。

然而，命运和父亲开的玩笑并没有停止。大学还没毕业，他辍学回了天津，被分配去工地筛沙子，后来做了一名普通的工人。

他还是不放弃。

在工厂，他努力学技术，从普通工人做到组长，又升任车间主任，还评上了工程师职称。他在"全面质量管理小组"的活动里，带领小组拿了全国一等奖，成了厂里负责质量管理的主管。改革开放的大潮袭来，他赶上企业管理这个新学科的兴起，毅然离开国有工厂，成了第一批接触"ISO国际质量体系认证"的人，成为中国的第一代审核员，这一干就是30年。

我来到香港后也有过一段迷茫的日子。那时我取得香港大学的硕士学位不久，好不容易找到了一份工作，却因为无穷无尽的加班和老板的无理取闹疲于奔命。直到有一天，老板因为歧视内地人而要削减我的福利和工资，我爆发了，毅然决定辞职再找工作。当时金融海啸已经开始，我身边的人都劝我再忍忍，不要在这个时候离开。

但父亲的经历让我坚信，就算才华被埋没，就算环境不能给你公平的待遇，只要是金子，总会发光的。

果然，我很快找到了新工作。因为金融海啸，新公司在我入职两个月之后关掉了在内地的工厂，裁减了2/3的香港人员，我却留了下来。现在，我在这家公司已经工作了8年。

三

如今，经历了成长的我，似乎能理解沉默的父亲了。

他的确不是母亲期望的那种浪漫的人。他不会说情话，不会哄人，他的所有感情都是隐忍的、内敛的。可我知道，他有自己表达浪漫的方式。

退休后来香港定居的他，离开了繁重的工作和纷扰的人际关系，似乎又找回了年轻时的激情。他每天看足球赛、看京剧、看抗战题材的电视剧、听评书……沉浸在自己年少时的辉煌和期望当中。我知道，那个时候他就是球场上为馒头拼命的少年，就是翻墙溜出学校听戏的大学生，就是与自己崇拜的革命将领一起研究战略战术的军人，就是评书里叱咤风云的侠客！

　　表面木讷的父亲，其实内心比谁都丰富。而我，同样能体会这种精神力量的魔力——虽然我现在已经有稳定的工作，可空闲时，我仍旧会坐在电脑前写自己喜欢的故事，创作属于自己的小说。我想，永远保持对生活的热爱，永远保持爱做梦的少年情怀，永远留着那颗不服输的赤子之心，这才是父亲给我的最珍贵的东西。

　　晚风轻拂，父亲仍旧沉浸在电视剧的情节中。我拿了一罐啤酒，回到阳台上和父亲对坐。我打算和他聊聊，这部电视剧里的那位革命将领，到底打了什么惊天动地的战役——我想更了解我的父亲……

父辈追星的眼光，我们已无法超越

郑晓蔚

我们做计划，有时并非真的为了执行，而是让自己心里好过一些。

1993年搬家时，我负责收拾零碎物件。拉开写字台的三个抽屉，两抽屉是邓丽君的磁带，还有一抽屉绝大部分是邓丽君的磁带，一少部分是费玉清和龙飘飘的磁带。

　　这三个抽屉，是我爸的精神粮仓。

一

　　上小学那会儿，邓丽君的歌声就是我的起床铃声。美好的旋律在屋内外立体环绕，我爸哼着小曲儿骑着"二八大杠"送我上学。晚饭时分，清晨大饱耳福的邻居们经常带着空白磁带来我家串门，"早上有首曲子不错，帮忙翻录一下。"

　　我爸便会展示出得遇知音般的热心："是哪一首呢？"

　　有点儿音乐细胞的邻居会哼出小调儿的精华部分，"不着调"的邻居哼半天都像是在搞创作，我爸只得把早上播出的曲子一首首放给他们听。每当此时，我爸都显得极有耐心，因为可以再听一遍了。

二

我爸跟我讲过一件趣事：20世纪80年代初，有一天，他在闹市溜达，惊见一个身着光鲜西装的男子，手拎原装三洋双卡录音机，用最大音量播放着邓丽君的歌曲。由于这款神器的播放音质太好，因此西装男子身后尾随着一大波痴心听众。年轻男子显摆到哪里，邓丽君的歌声便飘到哪里，群众也便跟去哪里。

这事令他印象深刻。

到了20世纪90年代，一次爸爸单位聚餐，卡拉OK的背景乐响起了邓丽君的声音。我爸便向大伙儿描述当年人们"追星"的盛况。一位同事听完悠悠地说："你说的那个人可能是我，那年我刚结婚，为了听邓丽君的歌，花掉了大半积蓄，忍痛阔气了一把。"

当年，我妈工作的食品店里有个营业员姐姐，我喜欢做她的跟屁虫，因为她带我逛街时动不动就往我嘴里塞吃的。那时候，有位小哥哥经常到店里来找姐姐，"邓丽君又出新专辑了，有空来录。"于是到了周末，她便带着我跑去小哥哥家翻录磁带。小哥哥会耐心介绍哪些是邓丽君的原声带，哪些则是翻录带——音质可能会有瑕疵。两人还会边听音乐边品评。现在想来，那位小哥哥绝对是实力"撩妹"的高手，有资源有渠道。嗯，他一定挺嫌我碍事的。

三

我看过很多邓丽君的磁带封面照，她总是以甜美文雅、仪态大方的淑女形象示人，绝少流露性感的妆容，仿佛从唐诗宋词中款款走来的神仙姐姐。当年，有华人的地方就有邓丽君。听惯了红歌和样板戏，听惯了民族和美声唱法的父辈们，被一首首"靡靡之音"叫醒了耳朵。

邓丽君，帮助闭塞的父辈们打通了灵魂的任督二脉。

有一次我赶赴家乡小镇的喜宴，与一位大腹便便的镇领导同桌。周围人频频向他敬酒，说些恭维话，他也频频举杯回礼。少顷，助兴音乐响起——是邓丽君的《甜蜜蜜》。他抬手示意大家把端起的酒杯和对自己的恭维都先放一放，"听我女神唱会儿歌吧。"他说。

还有一次，跟一个成功人士喝茶聊天。他说："我最近碰到了一个音乐人，终于弄懂了为什么邓丽君的歌经久不衰，而其他流行歌曲往往都是一阵风。"他面露得意地解释说，"首先是音乐创编，她的歌曲中加入了中国民谣小调以及地方戏曲风，因此朗朗上口，如《小城故事》《千言万语》《路边的野花不要采》；其次是伴奏、编曲跟她的唱法很搭，很有心地加入了中国的传统乐器，如竹笛、古筝、二胡、扬琴等，让华人感觉亲近。"

我事后认真搜索了相关资料，才知道，其实原因还不止那些。其他的，比如"在经历变声期后，邓丽君真声甜美、柔和、细腻的音色是她在20世纪70年代后演唱的重要特点，也是其争取广大听众的重要条件"；又比如，邓丽君吐字清晰，"普通话的发音水平非常出色，演唱时的吐字归音也十分清晰和完美"。

所以，父辈们对"周杰伦有望接近邓丽君华语乐坛地位"的说法，从来都很不屑，甚至是会动怒的。"周杰伦算什么啊，话都说不清。"我爸生气地说，激烈地捍卫偶像的名望与尊严。

"知乎"上曾有人问："邓丽君和周杰伦谁的成就更大？"楼下的回答是："已举报。"

四

至于另一位据说"有望接近邓丽君"的天后王菲，我曾比较过二者对《又见炊烟》这首歌的演绎。我更喜欢邓丽君那版，那隔空思念恋人的眼泪与哀伤，那恰如其分的深情、眷恋、彷徨、期盼与羞涩，把听众的心都给唱碎了。她是那种能把你风干的心灵戳出泪窟窿眼儿的灵魂歌者。

我前些年给爸爸买了部智能手机，帮他下载了邓丽君的歌曲全集。他看着歌曲列表略带自责地说："我竟然还有这么多邓丽君的歌没听过。"语气很自责，深感辜负了偶像的劳动成果。

我的一位"90后"小兄弟也跟我说："我妈第一次要我在电脑上给她下载歌曲时，三十多首全是邓丽君的歌。"

从磁带到手机，变换的只是存放载体，父辈们一直保持着对邓丽君恒温的热爱。

五

当我的世界观逐步搭建完善，当我对独立思考有着更为深情的迷恋，我对邓丽君便有了更为深刻的好感。1991年，邓丽君在金门说："唯有在自由、民主、富庶的生活环境下，才能拥有实现个人理想的机会。"

她对民主的尊重，她对欠发达地区民众的关切与同情，无不体现着悲悯与仁爱。

邓丽君特别热心慈善事业。她通过开演唱会为残疾人群体募集资金，她频繁出入敬老院、孤儿院，参加赈灾义演，践行着她的诺言"用自己的力量最大化地帮助那些苦难的人"。

她曾每月匿名给几名孤儿支付生活费和教育费，这些孤儿成年后都不知道是谁帮助了他们。如若不是邓丽君过世后其男友说出此事，这可能会成为永远的秘密。

我们的父辈，曾有幸迷恋过如此顶级的优质偶像，这让我非常惊叹并艳羡。无论是唱功、音乐修为、乐坛地位，还是谈吐修养、人格魅力、灵魂特质，她都远远超出了世俗对一个歌星的定义与认知。在当下，邓丽君的地位仍然无法被撼动，不可超越。

不得不说，我们的父辈共推邓丽君为偶像，真的很有眼光。

我们就走了，穿过一大片田野，一大片青草，一大片树林，一大片池塘，一大片云朵，一大片麻雀。

她的羊

韩昌盛

母亲打电话说："回家来，要杀羊了。"

我不信。母亲说："真的，不喂了，都卖了，留一只杀了。正在找人杀，收拾好，你们回来拿肉。"我打电话给大妹妹，她也不信。

但羊确实杀了。我们吃了羊肉，还带走了羊腿，兄妹四人，一人一条羊腿。母亲说："都带走吧，吃了就没有了。"父亲说："不喂了，草不好割。"

草其实不少，不过种庄稼的地都打了除草剂，附近的草不敢割，只好上沟边地头、抛荒地，或者学校的操场割草。我没见过母亲割草。大夏天，我在空调屋里上班，星期天回家时，母亲已经回来，一手擦着汗，一手拿着矿泉水瓶猛灌。矿泉水是在街上批发的，五角钱一瓶。她说这个好，带上两瓶，渴了就能喝。我问："不会中暑？"她说："不怕，有水。"然后，她去做饭。吃饭时，她兴高采烈地跟我说她到中学操场割草了，草有半人高，一刀下去，倒一大片。我还没吃完，她说得喂羊了。羊在另一个院子，曾经的老屋，荒凉、破旧，有两间西屋，泥墙，快倒了；有三间正屋，墙有点歪。院子里有一棵枣树，很空旷，养了13只羊，看见母亲进来，一齐奔过来，争着抢着，一抱草就分开了。母亲抢过来一把，扔给一只抢不到草的羊。羊就埋头吃草，母亲在那儿看着，也不理我。

很多时候都是这样。那年大年三十，母亲做好饭，炒了菜，然后就走了，说一只羊要生了。母亲已经准备好一簸箕麦秸，还有干干净净的锅灰。她说："你们先吃吧，我去看着。"孩子过去喊了几次，她也不过来。我过去，母亲有些紧张，自言自语道："最好能生四只。"我笑了："也许只生一只。"母亲瞪我，说我是乌鸦嘴。还说在我小时候，有一次，就是我在老宅里看着羊生产，结果真的生了四只。母亲还是有些紧张，说："上次这头羊就生了一只，这次肯定不会。"

这次也是一只。母亲一边将小羊羔放在麦秸上让母羊去舔，一边愤愤地说："得把它卖了，不能喂了。"然后来这边院子烧豆芽汤，一大盆。我说："先吃饭吧，你还没吃饭呢！"母亲不理我，端着汤就走。她有些生气："怎么就生了一只？"母亲说前几天还死了一只羊，拉肚子。她絮絮叨叨，说了一大堆有关羊的事情，才吃了一点儿饭。

大多数时候，提到羊，母亲都是很高兴的。她说她割的草干净，因为她比别人跑得远；她说我们家的羊长得快，吃的都是"绿色生态环保菜"——这些广告词，她用得很顺溜。说着说着，我们就去看羊。一开门，母亲就提醒我赶紧关门。几只大一点儿的羊飞奔而来，母亲大声呵斥着，用脚踢着，羊就回去了。母亲站在院子中间，点着羊，告诉我哪只快下小羊了，哪只已经下了，哪只是这头羊的孩子。我说我记不住，母亲说："你当然记不住，我全部能记住。"母亲叫我牵羊到地里去，这个季节的麦苗可以吃。我就牵着两只，后面跟着四只，往麦地里走去。母亲也牵了两只，羊往前挣，她快要跌倒了。母亲说："没事，我不会跌倒，我这么胖呢。"

嫁到附近的小妹说："她撒谎，有一次跌倒在地上，她很长时间都没起来。"母亲说："那是血压高，感觉头晕，然后一点儿劲儿也没有，想起来就是起不来。"我说："那不能起来。"母亲说："知道。听到羊叫唤，感觉声音跑到天边了。"我问："然后呢？"小妹说："后来自己慢慢坐起来了。"我说："这样不行，你得吃药。"母亲辩解说："吃啊，一直都吃，一顿不少。"我说："这羊不能喂了，再喂要出事。"母亲说："与羊有什么关系？喂羊心情好。""可是喂羊你身体不好。""哪儿不好？下地割草，空气多好。""反正我们要你身体好，不要羊了。"母亲生气了，不理我们；我们也生气，但是还得理她。

我抱草给羊吃。我看着羊争先恐后挤过来，就将草抛向空中，草像网一样散下来，羊就抬头往上迎着。母亲在后面说："怎么这样喂？"我说："和羊开玩笑呢。"

但是生活也和我们开玩笑。2013年，父亲吃不下饭，检查说是肿瘤。我带他到南京做检查，各种各样的检查，等结果，一个又一个片子的结果。我说："没事，就是个肿瘤，割掉就好了。"父亲说："知道，就是个肿瘤，割掉就好。"晚上我们去散步，我说："给家里打个电话吧。"我拨通电话，和母亲说医院楼很高，病人很多，护士很好，食堂不错，检查结果还没完全出来，但是估计没事，这个医院水平很好……母亲就说："没事的，肯定没事的，心里一点儿都不慌，家里没事，什么都好，人好鸡好羊也好。"我把电话给了父亲。来了几天，父亲还没和母亲说上话。父亲问："家里都好吧，麦子该出穗了吧？"又说，"在这儿很好，到了就有病床，检查结果快出来了。"路上有路灯，有行人，有穿梭的车流和喧闹的声音。父亲突然说："我要是不行了，把我葬在北湖那块地上。""你说这干吗！"我使大劲儿在旁边喊，"那羊不喂了行不行，到南京来！"

母亲和其他家人就都到了南京。我们都沉默着在手术室外等结果。幸运的是，手术成功了，母亲高兴，我们每个人都高兴。我问她："家里的羊怎么办？"小妹笑话我："要你问，三舅在咱家帮着喂羊。"我说："别喂了，回家得照顾病人，你没时间喂。"

她还是要喂羊。父亲在县医院化疗，我看着。母亲自己坐车来，穿过人流从车站跑到医院。我问："谁看着羊？"她说："不看，大秫秸放好了，它们自己吃。"我说："别喂了，你血压高，你不能再出事了。"母亲不说话，在那儿坐着。父亲也不说话。晚上，父亲和我在走廊里溜达，父亲说："再喂一段日子吧，羊值钱，家里人情重，能打发不少用处。"我说："我们给啊！"父亲摇摇头，说："你们也不容易，现在我和你妈还能干活。"

父亲的胃癌奇迹般地好了。他还能种庄稼，还能开三轮车拉庄稼。母亲却说不喂羊了，真的不喂了。她得了白内障，两个眼都有。她使劲揉眼睛，还是看不清楚。医生说暂时还不能做手术，母亲只好一边揉眼睛，一边抱草给羊吃。

母亲站在门口送我们，说："羊肉不要送人，自己吃，好羊肉，绿色生态环保的。"母亲一边揉眼睛一边说，"以后就没有羊了。"父亲笑眯眯的，不说话，坐在椅子上晒太阳，椅子依在墙根。母亲说："他病好了比什么都好，不喂就不喂了。"

然后，母亲扯起围裙擦了擦眼睛，向我们挥挥手。父亲看着她笑，坐在那儿，一句话也不说。我们就走了，穿过一大片田野，一大片青草，一大片树林，一大片池塘，一大片云朵，一大片麻雀。然后我无来由地想起，母亲曾在这儿割过草，回家喂她的羊，伺候她的病人，想念她的孩子，打扫她的房子。然后，我突然想起，我们其实都是母亲的羔羊。然后，我满脸是泪。

妈妈的『朋友圈』

柴岚绮

当我们添加好友的申请滴滴叫着奔来，

她不知该怎么办，手忙脚乱，面前是一个等

待她推开门的新世界。

一

妈妈注册微信这年70岁，是家里最迟拥有微信"朋友圈"的那个人。

每当我们吃完饭，立即沉浸于捧着手机刷微信的静默之中时，唯有她甩着胳膊无聊地走来走去，不满地抗议："你们这样对颈椎不好，都应该起来运动。来，跟我学，站直了，抬起头，双臂向上！"

几年前，妈妈的生活还不是这样的。那时，每家每户都拥有一个或者数个小报箱。每天下午四点多钟，我妈会站在单元门外，等着穿醒目的红马甲的投递员送来当天的报纸。然后，她拿着报纸回家，戴上老花镜，一丝不苟地看新闻，看第二天的天气预报，看中缝的小广告。那时，妈妈的日子相对不那么枯燥。

不知从什么时候开始，报箱渐渐被塞满了广告传单，人们越来越多地通过手机，即时了解大千世界每一个角落的动态。

只用手机打电话接电话的妈妈，显然和我们，有了距离。

给她下载并注册微信的那天，她满怀忐忑，也有着对未知的向往和期待。当那个蓝色星球的画面轰然打开，当我们添加好友的申请滴滴叫着奔来，她不知该怎么办，手忙脚乱，面前是一个等待她推开门的新世界。

二

像所有刚接触微信的老人一样，我妈对自己收到的每一条信息都会认真阅读并深信不疑。她常如临大敌一般宣布："最近不能吃鱼了！你们千万别买鱼！"我立即不客气地说："微信上看到的谣言吧？假的，别信。""怎么会是谣言呢？好几个老同学都给我发了，他们可都是有知识不会轻易上当受骗的人啊。"

她学会了微信转发，于是频频给我转发各种链接和视频，关于各种小动作和小诀窍以及它们将会产生的惊人效果。她甚至打电话督查："今天发给你的视频看了吗？那个治疗颈椎的穴位你找到没有？找到了？记得每天按十下，左右手都要做啊！"

我根本没看，敷衍她："看了，也找到穴位了。"我回家，她像老师抽查背书一样，冷不丁站到我面前："那个治疗颈椎的穴位指给我看看，在哪里？"

有时她突然笑起来："今天有人在微信上给我发了一个笑话，我说给你们听。"然而，还没到抖包袱的环节，就有人憋不住了："这都是800年前的老笑话了呀！""是吗？"妈妈说到一半被打断了，明显带着沮丧和失落："我还是第一次看到，笑了整整一下午呢！"

有一天，她请我解决她手机的问题，我趁机翻看了一下她的微信往来。经常频繁互动的就那么几个老朋友，其中一个是以前的老邻居。每天，对方都会发来鲜花盛开的早安和晚安动图，发来类似"这个视频太好了，赶紧看""这个阿姨用一张白纸在阳台种菜，快来学""手术刀下的谎言和药瓶里的欺骗"这样标题的各类链接，还有各种老掉牙的笑话和段子。

我妈回复她："你发来的笑话和视频，我都认真看了，有的笑得我眼泪都出来了，谢谢你每天发给我！"

有一段时间，"朋友圈"里很多人都在说，父母玩了微信之后，就盲目相信"伪科学""伪科普"的文章。而在看到我妈回复的那一刻，我有些明白了，我妈之所以愿意相信这些，是因为在微信世界，只有那些可爱的老朋友，相互鼓励着，努力追赶着这个时代，把链接和视频当作问候，用这种新的方式，传递和延续着友情。

而我这做子女的，给父母发送什么了？我宁愿混迹于各种微信群收藏那些令人捧腹的表情，也想不起来给父母发点儿有趣、好玩的东西，压根不愿也不耐烦领着他们奔跑在这个虚拟时空当中。

三

妈妈的老朋友里，微信玩得最好的，是快80岁的宋奶奶。宋奶奶会制作电子相册，她把自己出门旅行的各种照片汇集在一起做成相册，发给我妈欣赏。那个傍晚，在《梦中的婚礼》的配乐声中，我妈和我爸饶有兴趣地点击相册里的一张张照片，将音乐和照片，一遍又一遍循环播放。

宋奶奶发来"150个易错成语"的测试挑战，我妈和我爸戴上眼镜，正襟危坐，对着手机，手里拿着纸和笔，每答对一个，就大笑欢呼；答错一个，则惊叹惋惜，后悔埋怨。最后，得到了"你还没有老年痴呆哦"的评语，像是受到了嘉奖，相视而笑。

每周日，我妈都会找宋奶奶和几个老伙伴一起打麻将、聊聊家常。每每见过老友们回来，她都像是经历了一次愉快的旅行，神采飞扬。有一个星期天，她带回家一兜硬柿子，说："从宋奶奶家的柿子树上摘的，和苹果放在一起，很快就会变软。"

宋奶奶给她发来几段视频，她嘿嘿笑着看完，又把手机递给我，得意地说："你看，我们摘柿子的时候拍的。"

摇晃的镜头，夹杂着阵阵大笑，我惊悚地看到，宋奶奶和我妈都站在院墙上，手执长竿，有几个老家伙胡乱指挥的声音传来——"这边，这边！错啦！那边，那边！"院墙有两米多高，我看出了一身冷汗——"妈妈，这太危险了！你们这老胳膊老腿怎么爬上院墙了啊！有一种专门打柿子的工具，我去淘宝给你们买啊！"

我妈拿回手机，丝毫不理会我，自己又回放了一遍，独自哈哈大笑起来。

我看着她的身影，猜想着这个摘柿子的下午，她和她的老伙伴们，爬上那高高的围墙，蔑视着年龄和叮嘱，在嘻嘻哈哈的打闹声中，重新找到了属于年轻的恣意和快乐。我想到我曾痴迷的一部韩剧《我亲爱的朋友们》，讲述了一群老人的生活，曾经在一个又一个追剧的夜晚，我为了剧里阿姨们的故事，或欢笑，或抹眼泪。而我们的父母，作为距离我们最近的老人，却不曾像韩剧一样被我们重视。

　　我打开手机，进入微信，给我妈转发了一条标题为"延用800年的养生方法，值得一看"的链接。

我妈从不喊我回家吃饭

周立洁

她是那么弱小，又是那么强悍。亲爱的妈妈，我在等你喊我回家吃饭，一等，就等了好多年。

母亲节前，收到一条微信，是祝福母亲节快乐的，最后一句是"母亲节，你妈喊你回家吃饭"。

我愣了好一会儿，闭上眼睛，琢磨着这句话中的几个关键词：母亲节、妈、回家、吃饭。

神经质的毛病随时会犯，我觉得憋屈、酸楚，脑海里浮现出一些问题、一些画面。

如果在60年前，一个妈妈要喊一个小女孩回家吃饭，那小女孩回家得花上多少时间？

在遥远的湘江边的小村里，一个拄着拐棍、端着破碗的老奶奶，牵着一个穿得破破烂烂的小女孩儿，她们从乡间的小路出发，先到一个距离最近的镇子，然后一路要饭，去往长江边……

我在网上搜了一下，显示她们从家乡出发，走到某个镇上后，还要连续步行3天21小时才能走完421.8公里，来到长江边的某个镇子，找到她们的亲人。到那时，小女孩才能回到家里，吃上妈妈做的饭。

我算的当然不准，因为那是在60年前，路还不是现在这样的路。在今天，如果她们有车，只需要6个多小时，就能经沪昆高速、京港澳高速，轻松地回家吃饭。可是，当时她们身无分文，只有一身旧衣裳、一个讨饭的破碗和一根拐杖。途中，小女孩的奶奶去世了。小女孩花了半年多的时间，才回到家，吃上妈妈做的饭。

在我的想象中，她们可能穿越了河谷平原，望见巍峨的雪山，然后穿越了湘江或涟水的一些支流。她们走呀走，走过一个镇又一个镇，一个村又一个村。我知道，那小女孩总是喜欢念叨一些名词：灯芯糕、法饼、麻枣、酥糖、片糖和姜糖。她在那一路上经过了无数饭铺和糕点摊子，每一次，她都贪婪地望着它们。那些散发出香气的糕点和包子，让她迈不开步子。每一次，她的奶奶都告诉她："等找到你的姆妈，你姆妈会给你买一箩灯芯糕，还有一罐子浇了桂子油的槟榔……吃鱼吃肉，吃大包子……"

于是，我可以解释，60年后，当年的那个小女孩已经是老奶奶的模样了，她为什么每次路过甜品店、面包房和包子铺都迈不动步子，欣喜地要去买。即便她已经不能再吃甜食了，可是她依然对那些食品有着病态的热爱。

她对吃饭的事情是那么认真，她总是说"雷公都不打吃饭的人"。

每到吃饭的时候，哪怕是桌上有人吵架摔碗，哪怕是有人掀翻了桌子，她都岿然不动，将一碗饭菜三口两口扒完才起身。

每到吃饭的时候，她从不会像街上其他的母亲那样，喊她的孩子回家吃饭。她总是说："连吃饭这样大的事情都不晓得回来，那就只管吃自己的，不用喊她！"

她将几乎全部的劳动所得投入到吃这件事上。新上市的杏子、鲜桃，要下市的梨子、葡萄，她都爱；鸡鸭鱼肉，哪怕是鳖、蛇、蝉、蛙，她都来者不拒……她总是提起麻雀很香，说："好多年前，我奶奶在路上捡到一只麻雀，用树叶一层层包了烧给我吃，很好吃啊。我们要不也烧只麻雀吃？"

有一回，她带着我们在稻田边抓蚂蚱，她要喂养她的鸡。她用左手的大拇指和食指压着一只洗衣粉袋子，剩余的三根手指和右手上下翻飞，不一会儿就变戏法似的装了满袋子活蹦乱跳的蚂蚱。那些蚂蚱在袋子里扑腾着，她拿着战利品，笑嘻嘻地问我："要不，我们烧了吃？"

那真是吓到我了。她不惧吃相难看，我一度以为任何一种事物来到她的面前，她可能都会先冒出一句"不晓得好不好吃它"。

我抗拒她，排斥她，不理解她。我认为青蛙是益虫，蜘蛛是益虫，我认为蚂蚱、麻雀的生命和我们的生命是平等的，我们都是生灵，我们要保护大自然。我小学的时候拿着老师讲的话和她对抗，坚决不吃蛙腿，鄙夷那些杀害青蛙的人。我们从未和解。无论我在饭桌上绝食还是咆哮，她都稳若磐石，端着一只大碗，伸长筷子，发出津津有味的咀嚼声。

有一年，我要去旅行，去湘江边。在我出发的前一夜，她忽然同我讲起湘江边的一个村庄，讲起她记忆中的房子，讲起片糖和灯芯糕，讲起她和奶奶一路讨饭，奶奶死在了路上，她经过很多磨难才到了武昌。她找到她的妈妈后，再也没有回过那个曾和奶奶居住了好几年的村庄。那里埋葬着她的童年，那里充满了饥饿，那里的人在过年时才会做最好吃的烘糕。

旅途中，无论是在火车上，还是在汽车上，无论眼前看到的是江河还是高山，是高速公路还是羊肠小道，我都禁不住要想起她，她也从这里走过吗？

无论年节还是假日，我喊她来吃饭，她总是要提一些礼物，廉价的，没有品牌的，形形色色，比如路边摊做出的花样繁多、形色各异的糕点，或是买来的肉包子、豆腐包子、粉条包子……面对这些我既不愿意吃又不舍得扔掉的食品，我欲哭无泪。我无数次劝告她，不要带这些东西来，你血糖高，不宜吃这些东西，而我不喜欢吃买来的面食。可是她仍旧迷恋那些食品，总认为那是送给我的最好的礼物。因为那些童年的饥饿记忆，她一次次被这些形似她童年要饭路上遇见的吃食慰藉，那永无止境的对饥饿的恐惧曾深深地伤害了她。它们都是她曾经梦寐以求的美食。

我以为自己理解她，其实从未真正理解过。

在我和她之间，永远隔着一条鸿沟，那是我曾无数次想象过，却未曾体验过的饥饿感。她从没有让我那么饿过，所以我一直无法与那个靠讨饭活着的小女孩对话，无法想象有人对她说"你妈喊你回家吃饭"时她会想些什么。

我妈从不喊我回家吃饭，以前是，现在是，将来还会如此。童年的我错过了吃饭时间，回到家时，她总会扬起鸡毛掸子，厉声吼道："你长嘴做啥？连吃饭都不晓得回来？！"

她是那么弱小，又是那么强悍。亲爱的妈妈，我在等你喊我回家吃饭，一等，就等了好多年。

妈，有些技能我真的不想学了

姚瑶

我奋斗的路还长，还有那么多有趣的人没去结识，那么多美好的风景没去欣赏，还没能力帮助别人，还有日新月异的新科技在等着我……

早上，我的精神特别好，正在如饥似渴地看新闻，我妈进来了，说要帮我撑蚊帐。

我继续看新闻。她一边弄，一边说："来，你看一下，这个帐子，要压在床垫下面……"

我没看。她说："你看啊！你过来看啊！"我说："我不想知道它怎么做。"老太太说："'四体不勤，五谷不分'，你就是个另类，以后谁帮你撑蚊帐？"

我想起了一位时尚的忘年交阿姨。一次聚会时她跟我们说："我年轻的时候不喜欢女红。我妈语重心长地说：'家英啊，你这么大了还不会纳鞋底，你长大会没有鞋穿的啊！'"

所有人都笑疯了。

我们现在所处的时代，是人类社会发展速度最快的阶段，它是如此崭新有趣。昨天我们还在想要努力挣钱买辆好车，今天发现，未来可能不需要私家车了。

我的好奇心被重新唤醒，时间有限，我想花在我感兴趣的地方。我真的对撑蚊帐这种事没兴趣，或者说，我不想在这种事情上花时间。

社会分工这么细，蚊帐可以由钟点工帮我撑，用钱买回属于自己的半小时，我很乐意。我当然不是说生活不重要，撑蚊帐没价值，相反，有厉害的女性做家务还成了整理术大师呢，让人佩服。

这更加坚定了我不做此类事情的决心——现在已经有整理术了，未来肯定会有人创造出一整套家庭服务术。人家那么专业，我请他们来就好，相信他们撑蚊帐的水平不会比我妈差，我妈也解放了，虽然她不觉得。

一个创业者跟我说，这几年他学到的最重要的一课就是：专业的人干专业的事，花钱的比不花钱的靠谱。

深以为然。

对我来说，现在的首要任务是积累知识，去看更广阔的天地。其他的事，能外包的就外包，能花钱解决的就花钱解决。

在我看来，我现在做的事比撑蚊帐有趣得多，比会腌小菜、知道太阳好的时候赶紧在院子里拉根绳子晒衣服、知道"茴香豆"的"茴"有几种写法有意思得多。

我的时间是我最宝贵的财富，我有权选择将其集中放在我觉得重要的地方。

撑蚊帐也是知识、技能，但知识有高低，价值有分层。著名托福培训师李笑来把知识分为两种：无繁殖能力的知识和有繁殖能力的知识。

我以前特别热衷于明星八卦，它们简直是我的命。

后来，我越来越少显摆我知道的明星八卦了，因为突然发现，朋友们都比我成功。他们讨论的话题我听不懂，隐隐觉得哪里不对。直到看到李老师对于"有繁殖能力的知识"的定义：可以积累，因为它有积累效应；必须应用，因为它有指导意义；值得传播，因为它可造福大众。

我熟悉明星的各种八卦，怎么应用于自己身上？传播有意义吗？积累了那些八卦，除了跟无聊的人在饭桌上聊两句，于我有何意义？我看起来特别努力，怎么就没进步呢？

知道这个观念后，我基本不再看虚构类的书，大量减少了看肥皂剧的时间。当然不是说那类书没有价值，只是身处快速成长期，我需要更"功利"的内容选择。

比如，方法论就不一样，它可以积累，可以指导生活，且值得传播。

以前听罗振宇说他没时间，他的时间是按每10分钟为一个单位来划分的。我无法理解。现在，我发现我的时间也不够用了。

"人与人之间最大的壁垒就是认知。认知变了，一切都会不同。认知改变只能靠自己。"

时间有限，注意力有限，你一定要知道你想要什么，如果你想过"安稳日子"（虽然我认为现今世界没有安稳日子），你就撑你的蚊帐去。这事没有对错好坏之分，这是你的选择，我尊重。

我"有没有出息"，那是我自己的选择和价值判断。若想达到世俗意义的成功，人就必须"功利"——不能读杂书，不能分心干杂事，不能浪费时间。

有朋友问：做家务不重要吗？一屋不扫，何以扫天下？"一屋不扫"本质说的是自律，而不是一定要做"小事"，跟我选择怎样分配时间不是一个概念。

也有人问：你这样活着有意思吗？那么功利，没有情趣。我正在这条路上，说服力不强，用李笑来老师的话来回答："很多人以为这样的生活一定很枯燥，过于苛刻。可没多久就会发现，这实际是一种格外刺激的生活方式。"

你没体会过，怎么知道它不好？它带来的成就感，才是真正的幸福。

我奋斗的路还长，还有那么多有趣的人没去结识，那么多美好的风景没去欣赏，还没能力帮助别人，还有日新月异的新科技在等着我……

我真的不想学习如何撑蚊帐，请老妈理解。

防老人被骗的战斗

胖达叔

如果骗子们有幸看到此文，祝愿你们到老的时候，有足够的智慧去应对新一代的骗局。

妻子参加工作之后，就把爷爷接到身边来照顾。

爷爷虽然80岁高龄了，但耳聪目明，也不是没文化的人——他是老牌大学生，当了一辈子的老师，读书看报的习惯一直延续至今。平时，在饭桌上，他从来不关心儿女情长，国家政策、台海关系才是他每天的主要论题。虽然不太懂得操作，但爷爷用的是智能手机，也有自己的微信。

就是这样一位老人，却令我们操碎了心，而这一切开始于5年前。

斗投资公司

与我们一起生活，爷爷基本上不需要任何支出，所以他的退休工资都被他攒了起来，虽然不多，但也有十多万元。银行的利息越来越低，爷爷便开始找寻其他投资方式。爷爷老家的一位朋友找爷爷投资他儿子的项目，说年回报率高达30%。爷爷一下子就心动了，把全部积蓄都给了那位老友，顺带把几个亲戚的钱也一起投了进去。

我和妻子听说之后马上告诉爷爷，这是非法集资，否则不可能有这么高的回报率，然后在网上寻找各种案例念给爷爷听。但是爷爷说："那是我几十年的朋友，不会害我的。"我们劝他把亲朋好友的钱先撤出来还给他们，否则万一出事了，责任不好担。

在这一点上，他听进去了，在一年期满之后，便强行把亲朋好友的钱退了出来，但是他自己的钱仍然留在那里。我们一有机会就劝爷爷把资金收回来，但爷爷不听。直到3年后，爷爷终于肯相信我们了，那位老友也算是好心，同意爷爷把钱拿出来，但理由是——我们现在只收百万元以上的资金，您这点儿钱还是留着养老吧。

爷爷收回资金后不到半年，爷爷老家的龙头企业出现资金链断裂，引发了那个小城的商界地震，包括龙头企业在内的大量企业都因为高利贷而破产，小城里几乎家家都有大小不等的损失，这成为当时的一大新闻。

爷爷躲过了这场灾难能吸取教训了吧？非也，他变得更有自信了，坚持认为是因为小城市的企业规模太小，才会动不动就破产，投资省城的企业就没问题了。这时候，爷爷的资产已经到了20万元。我和妻子认为，爷爷在省城谁都不认识，除了去银行买基金，应该没有别的路子了。

但我们完全大意了，居然不知道，在老人经常去的超市门口，聚集着各种发传单的"小年轻"，他们会嘴甜地跟老人攀谈。曾经，有一个"90后"小姑娘打电话给爷爷，一开口就喊"大哥"。逢年过节，他们还会提着礼品来看望爷爷。正是凭着这种厚颜无耻和坚持，他们笼络了老人的心。平时，我们花重金购买的各种进口食品，爷爷瞧不上，而来自他的"朋友"的礼物，却让他欣慰不已。

终于，爷爷"沦陷"了。我们得知之后，立马劝爷爷，一定要分散投资，这样万一出事了，可以止损。爷爷觉得这个有道理，所以把钱分散投给了4家投资公司，每家5万元。可我们说的明明是一部分存银行，一部分用来购买低风险基金，剩余的钱爱怎么玩怎么玩。谁知道爷爷根本看不上银行的低利率，他投资的4家公司，年利率分别为15%、18%、20%、20%。

我们让爷爷至少撤出一部分资金作为平时花销，但他一口回绝了，还拿出一张折子给我们看，说只要把折子上的账号输入到一个网站里，立马就能看到账户里的钱有多少，钱就在那里，跑不掉的。

我们崩溃了，该怎么解释这个数字只是数字，跟银行账户上看到的数字根本不是一回事啊！

那段时间我认识的每一个人都在炒股，我自然能猜到爷爷投资的钱都去了哪里。没过多久，股市崩了，随后，爷爷投资的公司跑路，人去楼空，只剩一堆在那里拉横幅讨债的人。爷爷辛苦攒下的钱一夜之间灰飞烟灭。

斗药贩子

从那以后，爷爷就对投资失去了兴趣，但是他每个月的工资仍然要找地方发挥余热，于是他开始买各种药。

这个事情的罪魁祸首就是本地的报纸，因为上面总是充斥着各种伪装成健康讲座的广告。有段时间，我们发现爷爷每天整理好衣装，带着手提袋，早上7点出门，傍晚才回家。一开始我们以为爷爷有新的社交生活了，但事实上，他是去参加听讲座免费赠礼活动，通常最先到的老人才可以得到赠礼。

礼品包括些什么呢？比如，一台按摩仪，一块散发着奇异香味、号称能治疗疾病的木头……不一而足。人家送了你东西，你至少得把整场讲座给听了吧？

有一次，讲座的内容是有关大脑的，还说可以免费为老人们检查大脑。他们是这样宣传的：有一种检查大脑的机器全国只有3台，其中一台那天刚从北京运过来，可以免费给在场的老人做检查。爷爷一做检查，人家就面色非常凝重地说："老人家，您的情况比较严重，我们治不了。"爷爷半信半疑，回家给我们讲。我们赶紧说："爷爷，这个世界上不存在什么他们买得起而大医院买不起的机器。"

这一次，爷爷被我们说服了，但架不住这种活动全年无休，爷爷出去听健康讲座的频率越来越高。重量级的骗子逐一登场，推销包治百病的药，爷爷花几千元买回家。我们跟爷爷解释，什么叫"国药准字"，然后挨个查爷爷买回来的药，要么查不到，要么查出来是"国食健字"——只是保健食品。

由于每次我们都会求助"国药准字"的查询网站，爷爷又对政府工作充满了兴趣，有一回，他直接跑到药监局去咨询自己准备买的药的情况。那一天爷爷回家后，兴高采烈地告诉我们，他是如何在药监局搞明白了一种药是假药，成功杜绝了被骗，而我和妻子则被政府工作人员的耐心深深地感动了。

妥协

之后入口的东西，爷爷买得少了，但稀奇古怪的东西却越买越多。比如，一个号称"水灯"的灯泡。爷爷说，这个只要100多元，妻子二话不说打开淘宝找了个一模一样的，才15元。爷爷坚持说质量不一样。然后，每天读书的时候他关掉所有灯，只开那个小灯泡，为了证明它确实有用。

有一次，爷爷买了一台空气净化器，我仔细看了看，发现竟是个三无产品，我想关掉它，结果被电了一下。我向爷爷强烈抗议，爷爷淡定地告诉我："这个叫负离子空气净化器，没有电哪儿来的负离子呢？"然后，那东西每天都在家里生产负离子。

还有一次，我看见爷爷戴着一个像眼镜一样的东西在闭目养神。我问："爷爷，这是啥东西啊？"爷爷说："看见没，这个东西上那道红色的光只要对准了太阳穴就可以按摩，我看电视看久了就可以戴着休息。"在确保这玩意儿不漏电之后，我们放弃劝说了……

虽然，有时候爷爷也意识到自己花了好几千元买了假货，他会安慰自己说，这最多说明这些东西不值这个价钱，但多少还是有用的。有时候，他一怒之下也会去找那些骗子讨说法，这种时候骗子也是真利索，立马退钱，绝无二话，但前提是还能找得到那些骗子。

冷静下来想想，出问题的绝对不是老人。老人用一生的智慧也无法对抗这个一直在变的社会。如果骗子们有幸看到此文，祝愿你们到老的时候，有足够的智慧去应对新一代的骗局。

你不曾远离

宁子

我们真的没有怀念过他，小娃最爱的爷爷，我最爱的老爸，因为不用怀念啊，他本来就没有离开。

一

周日的午后，我在阳台浇花，旁边，小娃把写字桌搬到阳台写作业。

小娃是我侄女，2016年秋天从山东老家来郑州读中学，和我一起生活。12岁的小姑娘，灵巧可爱。

给花浇过水，我一边擦拭绿萝的叶子，一边同小娃念叨："养了七八年的花，最后只剩几盆绿萝还不离不弃地陪着我，其他的……"

"呃，其他的都浇多了水淹死了吧？"小娃打断我，"爷爷说了，你姑三天不给花浇水就怕花旱死，看吧，最后非被她浇死不可。"

我回头看她一眼："那他咋不提醒我？"

"他说提醒肯定没用，你跟他一样，不听劝。"小娃拍拍手，一副小大人的神态。

他不听劝吗？我恍惚了一下。是啊，他的确挺犟的。但犟归犟，他也理性啊，不像我，明显是强迫症。

故乡就是，

等着我们灵魂回归

的地方。

空气中的味道令人无比依恋，

好似某年某日的惊鸿一瞥。

"真的。"小娃说，"我跟你说啊，有一次，我中午放学回家，爷爷正在楼下浇他的那棵蔷薇，隔壁李爷爷在旁边浇菜，跟爷爷说最好把蔷薇旁边那棵什么花给移远点儿，不然会被蔷薇的根给缠死。爷爷一直不吭声，装作没听见。后来李爷爷走了，我听到爷爷一边浇水一边叨咕'就不听你的，就不听你的'，可把我笑坏了。"

小娃学得惟妙惟肖，声调、语速都和他极像。我听着，想象他当时倔强地自说自话的样子，扑哧就乐了。

最后小娃补充："结果，那花真死了啊。"是的，真死了，现在就剩那棵霸道的蔷薇了，长得蓬勃。好吧，他是不听劝。

二

我的强迫症也体现在其他方面，比如，每天不擦地板便坐立不安。幸好房子不是很大，每天擦一遍，倒也不太费时间。

那日擦地，拖把擦到小娃脚边，不待我说，她便把双脚抬高，笑说："姑姑，你知道不，每次你一拖地，爷爷就小声唠叨你，说你又在浪费水。"

"哈。"我直起身来，"我知道啊，反正他也不敢大声说。"

"对，爷爷怕得罪你，你不给他买好东西了。"小娃嘻嘻笑，"爷爷可鬼了。"

我把下巴支在拖把杆顶端，微微眯起眼睛，想着他每一次试探着跟我要一样东西时的表情，有点儿讨好，有点儿狡黠，又有点儿理所当然……都是让我陶醉的表情啊。那时，每一次我都会得意：终于也有这一天，不是我跟他要东西，而是他跟我要东西了。

三

吃饭的时候提到他最多，偶尔米饭放多了水，我跟小娃会异口同声："爷爷最不爱吃这种米饭了，幸亏他没在。"顶着长胖的压力做一顿红烧肉，也会一起想起来："这个估计爷爷喜欢，他就爱吃肉，还爱吃肥的。"若是不留神，菜里盐放多了，好吧，"爷爷要开批斗会了"。包饺子，小娃每次都会提醒我："包小一点儿，爷爷看到饺子包大了就来气……"

总结下来，他事儿可真多啊，吃饭那么挑，米饭水多了不吃，菜咸了不吃，红烧肉瘦了不吃，饺子大了不吃……可是为啥那么多年，我们从来不批评他，一直都惯着他呢？

"因为他也惯着咱们呗！"12岁的孩子，有时也可一语道破天机。

是啊，那么多年，他一直惯着我们，从来不责备我们，甚至不对着我们大声说话。记得我小时候，哪怕做了错事，他也只是提醒老妈劝劝我，自己只管做好人。在他那里，女儿和孙女，或者说家里的女孩子，定然是用来宠的，这是他和我们相处唯一的方式，从来没有更换过。我对小娃说："我小时候，不管要什么，都跟你爷爷要。"小娃拍手："我也是，要什么爷爷都给，他简直太好了。"

看，原来我们都一样，从小就是那么"势利"的女子啊，因为他无原则的宠爱，所以这么多年，始终把他放在亲情排行榜的第一位，从来没有动摇过。

四

没事逛个街也能扯到他身上，比如"呀，这件上衣爷爷也有，一模一样"，比如"爷爷一穿套头的毛衣就生气，最后都扔了"，比如"这辆电动车好漂亮啊，爷爷看了肯定喜欢"……

于是，两人逛一路，说一路，笑一路。

也不刻意，随口就来了，好像他就等在那里，等着我们遇见，一次又一次。

看电影时，我们也会低声细语："爷爷最喜欢战争片了，但他不爱看国外的，说他们长得不好看。""对，爷爷爱看《亮剑》，还有《闯关东》，总跟奶奶抢遥控器……"

路过烘焙小店就更不用提了。甜食是我和小娃共同的心头好，但和他相比，我们对甜食的热爱简直不算什么。"爷爷连鸡蛋羹、荷包蛋都要吃甜的呢"，蜜三刀、康乐果还有江米条，是我家一年四季必备零食，要放在他可以随手拿到的地方。记得有一年冬天，我半夜爬起来去洗手间，路过客厅时，听到里面传出"咔嚓咔嚓"的声音。走过去打开灯，赫然看到他正裹着厚厚的棉睡衣坐在沙发上，在黑暗中津津有味地吃江米条。灯光一亮，我们都被对方吓了一跳！

那天说给小娃听，她在熙熙攘攘的大街上笑得不能自已。

我也笑得半天没直起腰。

笑过了，我们继续我们的事情。但是我知道啊，用不了几天，又会有什么事，让我们把话题转到他身上。

就是那么不由自主，又是那么自然而然。

可是，说过就说过了，不再说别的，比如他患病时的痛苦，比如失去他时我们的心痛……

五

没错，他去世已经四年多了。可是四年以后，每每说起来，我却感觉不到那种失去至亲之人的疼痛，也没有那种刻骨铭心的怀念。好像就是这个样子，如风走平原，在一些不经意的时候，他便来了，陪在我们身边，听我们聊聊家长里短。

有时候我们看不到他也不着急，因为知道反正他也没走远，他从来都爱四处逛逛。所以，我们真的没有怀念过他，小娃最爱的爷爷，我最爱的老爸，因为不用怀念啊，他本来就没有离开。

那些老东西

南在南方

离老家太远，带到新家的老东西可适度缓解我的思念。而亲人总在谢幕，这让人伤感。

有一天晚上醒来，月亮正好在窗外，我看了很久，感叹一声"老东西"，像是抚摸着老物什，那是种半是怜半是喜的感觉。月亮离我很遥远，好在，月光还在。

很多老东西并不发光，掩在岁月里，终是尘归尘土归土，一如逝去的人。在祖母去世之前，我很少留意老东西。但她去世之后，那些老东西忽然涌到我的眼前。大件的如脱了漆的立柜、半躺着的木箱子，小件的如一圈棉线、一枚顶针……这些她用了一辈子的东西，忽然落了单。如同我们一样，也落了单。

在祖母入土为安后，我给那些老东西一一拍了相片，回城时仅带了一把铜锁，那是祖母的嫁妆里带的，现在就在我的书房。看见时，总会想起那口箱子，它曾经是甜的——那时家里的糖放在那里，哪怕只打开一条缝，甜味就会跑出来，惹得我口水不停地涌上来。后来再回老家，从祖母的针钱包里找到一些画在白纹纸上的老式花样子——打拳的光头娃娃，莲花和鱼，牡丹下的斑鸠。还找到了一双小布鞋，那是祖母十几年前为"我的孩子"做的，尽管那时我还是单身，可祖母说，时间不等人，眼睛已经花啦，于是就提前做了。那双漂亮的鞋子，我没给孩子穿，而是把它装在了一个匣子里。

离老家太远，带到新家的老东西可适度缓解我的思念。而亲人总在谢幕，这让人伤感。

祖父离世之后，我带走了他的铜烟袋，因长年含着，烟嘴上留下了齿痕；还有一个20世纪40年代的本子，上面有他的笔迹，大约是记账用的，盖有一枚鲜红的印章，他的名字被刻成篆体印在上面；还有一块漂亮的石头，祖父说过那是他年轻时从汉江捡回来的。

我把这些老东西集中放在书架的一个格子里，不高不低，一伸手就能拿到，抓在手里，好像一下子回到了从前，风也好，月也好。不远千里带到城里的还有我外爷的一个绒面钱包，绒面很破旧了，不过里面绣的字依然清新，字是欧体字："阿堵物不尽，孔方兄常来；常招全国币，广进四方财。"话是好话，可并没有改变外爷的生活，他始终清贫，但这不影响他的快活。去世前两年，他忽然中风，一半身子不自如，嘴也歪了，我去看他，他歪着嘴给我唱民歌："春打六九头，春雨贵如油，春山春水春杨柳，春水池塘卧春牛……"

这些老东西，让我在五光十色的城市看见自己的来历，看见我那朴素的乡村，并从中得到安慰，得到支持，得到回过头看的机会。我的老家在陕西南部的乡下，以前孩子跟别人说起老家时，会说在西安。我总要纠正他，不是西安，是镇安县五星村……他问："西安不好吗？"我说："西安好，但不是你的老家。你回老家，总是有人迎接，总是有吃有喝，可你到西安，你有这样的待遇吗？"他也许还弄不清老家的含义，但他享受着老家带给他的福利——起浪的小麦，高个子玉米，肥胖的南瓜。可以告诉朋友，可写一篇作文，可以打个电话，可以回老家。

有一天，孩子也在书房，他看着那些老东西，问了我许多问题，而每件老东西都有一个冗长的故事，可惜它们开不了口。我跟他说，其实，这些东西在陪伴着你，虽然它们不是玩具。

孩子忽然笑了，说："我在电视上看见别人骂人说'老东西'。"我也笑了："也不算是骂人吧，比如说，我能活成一个老东西，你就有个老爸，不是挺好的。"他说："有什么好啊，太老了要成一个大相片了。"我说："那怎么办呢？"他似乎没有好办法，着急的样子让我忽然开怀。

他还小，跟他说有关生死的问题过于严肃了。我指着那双小鞋子说："这是老祖母给你做的，它等了你十来年。"他问："老祖母怎么知道是我啊？"这的确是个问题，但老东西的存在，从某种意义上回答了这个问题，它经历了，它表达了，它在这里。

念 想

赵华伟

若我寒冷，有人会为我披上衣衫；若我迷路，有人会带我步入归途；我们从未长大，所以永被挂念。

每个人都有自己的故事，或飘扬在日头下，或深藏在箱箧中，只要你侧耳细听，就能听到它们的喃喃絮语。

　　一到盛夏，姥姥就会打开她那个油亮的柜子，一边翻找，一边念叨。那是一个奇怪的柜子，黑色的，靠近闻一闻，似乎还有淡淡的清香。柜门上的搭扣呈桃心形，比巴掌还大，两边的铜质把手牢固地镶嵌在柜身上，柜身四周的装饰也很精致，宽大的是葡萄叶，细碎的是石榴花。如此特别的一个柜子，将姥姥的心爱之物包得严严实实，斜襟的绣花棉布褂、缀着铜纽扣的对襟布衫、厚实的高腰小棉袜……所有的物件，好像都是专为这个柜子量身定做的一样。日头很大，晒得地皮发烫，明亮的阳光属于姥姥，她仔细地将一件件衣服挂在长绳上，一天翻上好几次，任凭暴烈的日头尽情地把它们笼罩。我们在衣服下钻来钻去，举起金黄的铜纽扣在耳边轻轻摇晃，却听不到任何声响；摸一摸绣袄上的大红色图案，争辩这是烧汤花还是冬里梅……春浆夏洗，防霉除虫，打量着这些飘摆的衣服，姥姥轻声哼唱着："苦冬腊月大雪落，飕飕寒风冷心窝，破衣烂衫无处藏，吃糠咽菜逃灾忙……"她把嗓音拖得很长，好像是唱给我们，又好像是自娱自乐。"年年都要晒，年年不见穿，用不着的东西留着就是个累赘！"姥爷听不进姥姥的苦难歌，坐在一边发牢骚。是呀，既然穿不着，就没必要年年晒，就算力气不值钱，也不是这样的浪费法，我们跟着点头。姥姥并不反驳，只是将歌声哼得更加细碎，金灿灿的铜纽扣在日头的照耀下一闪一闪地散发着寂静的光。

我娘继承了姥姥的爱好，也喜欢收拾破衣烂衫。我们穿过的海军蓝小褂、戴过的草绿色军帽、磨破边的手工棉鞋等，都被我娘收拾得井然有序，好一点儿的送给了亲邻，差一点儿的装进了柜子，一到夏天就张罗着曝晒，比照顾粮囤还要仔细。空闲时，我娘喜欢打开柜子整理一番，一件件地摊在腿上，摸一摸，想一想，还会咯咯笑。我爹望见了，总是不屑一顾地摇摇头。我们的破衣烂衫，到了我娘手里好像就成了稀世珍宝，从她轻柔的动作上，就能看出她的小心和在意。我们一天天地长大，我娘的柜子也越装越满。我去读大学那年，说到了投档案的事，我娘突然眼睛一亮，指着她的陪嫁柜子说道："你的档案呀，都在那里面呢！"一件条绒小棉裤缓缓展开，几个焦黄的窟窿眼映入眼帘，"这是你六岁时玩香头燎破的，新棉裤才穿了三天，屁股上的巴掌印恐怕还没散吧。"草绿色的大檐帽上挂着一枚铝质的五角星，下面的系带却耷拉着，"这是你跟弟弟争抢的结果，不管是哥哥还是弟弟，都是那么要强。"带有梅花图案的袜子，脚跟处遗留着缝补的痕迹，"这是穿草鞋磨破的，穿草鞋一定要裹脚，说了千百遍，就是不肯听。"……每件衣服都包含着一个既模糊又清晰的故事，从咿呀学语的婴儿，到人高马大的青年，我们所踩下的每一个脚印、所付出的每一滴汗水，都被我娘收拾得整整齐齐，只要打开那个柜子，它们就会争先恐后地扑入我的怀里。

我没有我娘那么细心，俗话说就是"存不住货"，孩子的小衣服扔的扔、送的送，保留下来的只有一小部分。一入夏，我也会拿出来曝晒，小手套、小坎肩、小帽子等，五颜六色的挂满了阳台，仔细闻一闻，似乎还透着一股淡淡的奶香。明亮的日头下，我打量着眼前的这堆破衣烂衫，如同姥姥注视她晾晒的嫁妆一样。七岁的儿子跑过来，歪着头指了指衣架上的小手套，脸上的神情半信半疑。"以前呀，你的手比这还小呢，软乎乎、白生生，跟沙滩上的小贝壳一样。"我拍了拍他的头。儿子审视着自己的小手，咯咯地笑出了声。一件件小衣服，将我纷飞的思绪逐一凝聚，随便摸一把，轻轻折一下，就能听到隐藏其间的那些笑声，就能看到匆匆而过的那些旧景。藏有藏的理由，存有存的说法，姥姥晾晒着她的青春，缅怀着父母的养育之恩；我娘收拾着我们的故事，将我们的成长经历装进了柜子；我凝望着孩子的身影，看他一步步地走向远方。

所有的破衣烂衫都有一个共同的名字，叫"念想"，而我们就生活在这些念想之中。若我寒冷，有人会为我披上衣衫；若我迷路，有人会带我步入归途；我们从未长大，所以永被挂念。

那一场告别的雪

王亦茗

雪会停，花会枯萎，相片会泛黄，果实会腐烂，呼吸会休止，但我知道爱永远不会褪色。

当我拎着两块蛋糕走进空荡荡的家，我才意识到，奶奶真的不在了。

　　多年来习惯了，每每给自己买蛋糕时总会顺手给奶奶带回几块最松软的，也不问她吃或是不吃，就放在她轮椅边的茶几上。她想起来了便随手拿一块，闭着眼睛很慢很慢地咀嚼。

　　从医院将奶奶接回家的那天，全家人都在。奶奶的各个器官都衰竭了，被医生判了死刑。我们按她自己的意愿，带她回到她出生的地方。我记得很清楚，那天早上雪细细密密地下，气温骤降，走出房门，冷刺进皮肤里。我痴痴地想，莫非这场雪，是来告别的。

　　奶奶被接回家时，她的子孙围绕在她身边，满满地挤了一屋子。奇怪的是，那时我竟一滴眼泪都没有掉，忙着安抚别人，紧紧盯着奶奶裸露在外正被擦拭的身体。奶奶是真的很老了，包裹在身上的皮肤像枯萎的花瓣。那天天气虽然冷，但屋子里面被烘烤得很暖和，电热炉在床角发着暖黄色的光，奶奶的身体被罩上了一层仿佛重回年轻时光的颜色，只是她喉间的痰音和屋里来回忙碌的人提醒着我正在发生什么。

奶奶年轻时是个温文尔雅的女子，穿旗袍，头发盘得整整齐齐，低声地笑，黑皮鞋踩在木地板上，咯吱，咯吱。中年时到了农村，陷在无休止的农事里，费尽心力养活七个儿女。在我脑海中最鲜活的还是她老年时的形象——拄着拐杖慢慢地走，捻着佛珠读着聱牙的经文，坐在阳台的小板凳上晒太阳。前些年身体好些，腿脚也灵便时，她会让我用轮椅推她到小区的健身器械旁锻炼，一板一眼，坚决不要我搀扶。我只能紧紧跟着，防着她摔倒。她就是这么一个执拗又可爱的老太太。

我不相信这么坚强的老太太会死。谁能相信呢？她可是个战胜过癌症的人。小时候在书里读到哪个人挫败了癌症，总觉得那该是一场凄风苦雨的战斗，可奶奶与癌症斗争的这么多年，一直很平静——至少她表现出来的多是平静，只有在伤口疼痛难忍时才会呻吟几声。所以我渐渐了解了，一场艰难的战斗就该是平静的。

然而那场雪的末尾，奶奶真的去世了。果真是场告别的雪，第二天就消泯在空气里，融成我们守孝的白头巾，化入灵前燃着的长明灯。奶奶离世是在晚上九点半，在那之前不久，我匆匆地从乡下、她的身边赶回学校，在路上和死神擦肩而过——他奔向被暗淡暮色包围着的奶奶的房间，我赶往灯火辉煌的城市。几乎和奶奶离世同步，我生了一场没有来由的病。头晕、恶心，吃不下东西，也吐不出来，体温却正常，仿佛是因为至亲离开，要从我的灵魂中把她给予的部分剐出来。离世时未能见上一面，我想，一定是奶奶还牵挂着我呢。

从学校回到家里，穿上孝衣，将白头巾长长地系在脑后。灵前摆的照片不知是什么时候拍的，照片上奶奶笑得很安详。我最后一次看见奶奶笑，好像已经过去很久了。那时候奶奶刚知道我被北京大学提前录取的消息，拍着我的手翻来覆去地说好，笑着夸我有出息。我很久没有见奶奶那么高兴过了。许是人生走到了暮年，别的事已经再也敲不开心扉，除了她仍然牵挂着的孩子们。

守灵的时候，下葬的时候，回到家脱下孝衣的时候，重回学校的时候，我都感觉到同样的病症在作怪，难以言明胸口堵着的是什么。及至回到家，躺在床上，翻来覆去睡不着，一边做着深呼吸，一边感受着缺氧的滞涩，直到胸口堵着的终于泛上来，淌成眼里再也止不住的热泪。

雪会停，花会枯萎，相片会泛黄，果实会腐烂，呼吸会休止，但我知道爱永远不会褪色。

一场病就这么来得突兀也走得痛快，仿佛我真的能潇洒地做一个刽子手，把灵魂中属于奶奶的部分都剐走。它错了。时间如潮水，会冲走珍贵记忆，会冲垮一个人体内的宇宙，但一个人存在的印迹，是沙滩上的沙，深海里的珠贝，愈是冲刷，愈是干净明亮。奶奶从来都没有离开，我们的灵魂里都保存着她的一部分。在我离世后，这一部分又会交到下一代的身体里，和他们一起生长，陪伴他们的挣扎和快乐，见证他们的爱。

　　而奶奶的身体，会长眠地下，在某个春天，再发芽。

触摸

张立新

常说字如其人，从祖父的字体中能看出他的内敛和谦逊。我久久注视着契约，仿佛触摸到祖父隔空伸出的手。

我羡慕那些有家谱的人，他们可以在纸页上触摸先祖，能够明了自己的来路。我家没有家谱，家族的记忆只能追溯至我的祖父。父亲的记忆像一只漏了底的碗，我曾祖父之前的雨水，他已经盛不住了。

　　更可怕的是，我祖父的印迹，如今也只剩一些片段。父亲讲过若干关于祖父的小事，像电影一般。天刚蒙蒙亮，小巷里传出几声狗吠、几声鸡鸣，月亮若隐若现，悬在头顶。一位读书人，头戴毡帽，身穿粗布袄，挑着担，低头疾行。他走到街上，放下担子，没多久，便有人围了过来。担子里全是粽子，还是热的。糯米粽，粒粒晶莹。解开粽叶，蘸少许蜂蜜，拿一支竹片叉了，轻咬一口，黏而韧，香甜可口。读书人脸皮薄，觉得卖粽子不该是自己干的活儿，好在一担粽子半天不到就卖光了。旁边有人说："粽子张，今天生意好啊。"读书人回过头去含糊答应着，摸出烟锅，填满莫合烟叶，点燃，吞吐。这样的场景，在父亲一次又一次的诉说中，闪过我脑海很多次了。吃粽子的竹片还在，铜质的烟锅也在，快一个世纪了，这些物件，老得像是传说。这位卖粽子的读书人，就是我的祖父。

当年祖父、祖母都抽大烟，后来迫于生计，两个人才先后戒了烟，改卖粽子，还闯出了"粽子张"的名头，这一步迈得确实艰难而沉重。抽大烟在当时不算新鲜事，很多人家都有人抽。当时的大烟不纯，戒起来也不难。在祖父心目中，或许卖粽子比戒大烟难多了。这个猜想在我母亲那里得到了印证。母亲说："你爷爷当年，让戒大烟很爽快，卖粽子一事却犹豫了很久。"

从此，胆小、腼腆、被迫以卖粽子为生的读书人，就是我对爷爷的全部印象。

没想到的是，父亲偶尔听说，我家巷子里的一位邻居竟然收藏着我祖父的一幅字。这个消息让我欣喜若狂，仿佛由此能够触摸到祖父的脉搏。于是，几番沟通后，一个黄昏，我陪着父亲，敲开了邻居家的大门。

"来了？"

"来了。我们来瞅瞅那幅字。"

"好，稍等啊。"

邻家大伯慈眉善目，已经八旬开外。他颤颤巍巍、小心翼翼地从一个柜子里摸出一张纸，递了过来。我小心地展开，密密麻麻的小楷，工整圆润，内敛秀美，纸页已经有些发黄。是一份房屋契约，看落款，时间是"中华民国二十九年十二月二十二日",代笔人是"张竭诚"。常说字如其人,从祖父的字体中能看出他的内敛和谦逊。我久久注视着契约,仿佛触摸到祖父隔空伸出的手。

我忽然觉得,这张房契不能这么看过就算了。于是,我赶紧掏出手机,恭敬地拍了几张照片,才将这纸叠好,还给邻家大伯,然后告辞。回家路上,父亲说,祖父能写会画,还手巧,所绘的工笔人物栩栩如生,还能扎各种样式的风筝,吃粽子的竹片也都是他亲手刻、磨而成的。父亲至今保存着一个竹片,他拿竹片包肉馅饺子的时候,肯定能够触摸到祖父的体温。

我的手机里从此一直保留着祖父写的那张房契的照片,像保留着家族的血脉。每当看到它,我就感觉是在和祖父隔空拥抱,用心灵对话。

斫地莫哀终有别

松罗

他以为这是阿爷的遗言，抱着书号啕大哭。他不懂他的孤独和寂寞，我们都不曾懂。

发小芋头发消息说，阿爷去世了。

一

小时候，池头角还没拆，各家的房子都是紧挨着的，小孩子吃的都是百家饭，今天窜到东家，明日又跑到西家。

阿爷常在弄堂口支一口锅，炸臭豆腐或者油墩子，他炸一块，我们吃一块，哪怕是刚从滚油里捞出来的，烫得嘴皮子都破了，我们也不在乎，叼起来就跑。他一回头，盘子里空空如也，也不生气，只会"哎"一声，一拍大腿，笑着骂："你们这群小瘪三！"

"瘪三"在沪语里是骂人的话，但穷人家也管自己的孩子叫"小瘪三"，骂得贱，天不管，孩子容易长大。所以我们都不怕他，池头角的孩子都不怕他。

阿爷喜欢讲故事。

有一次他多喝了一小杯黄酒，没嚼他爱吃的放屁豆，絮絮叨叨跟我们讲中华人民共和国成立以前的日子。其实他一直想讲他的半生风雨，讲他的风餐露宿，讲了，有人听了，苦也就不算是苦了。然而半大小子哪儿有耐心？芋头支开老虎窗大喊："谁要打《魂斗罗》？"底下轰的一声，小孩子就全跑了。

我没跑，我喜欢听阿爷讲话。阿爷祖籍扬州，后来在天津待了大半辈子，他一喝醉，就几地口音混着讲，我觉得好玩，只是这点儿兴头，实在支撑不了我一直听下去，后来我也溜了。

但如今我也还记得，记得他的眉飞色舞和红得发亮的脸庞。

二

他讲自己还是半大孩子时，去给木匠做学徒。每天早上三四点就要起床，吃饭要候着师傅先吃，师傅吃完了才能吃；动筷子只能动跟前的菜，有的菜叫"看菜"，只能看，不能吃。师傅师娘一个不高兴想打就打，想骂就骂。学徒苦啊，就只盼着有朝一日自己能独当一面，也当上师傅。

有时候，能赚点儿零花钱。那年头婚丧嫁娶，会找一些小孩子在队伍前敲个锣打个鼓，一次给30个铜板。每回领了铜板，阿爷会花12个子儿吃一碗阳春面，高记的。他说自己一直记得，一碗细面，一把碎葱，一勺酱油，再撒几个开洋（吴语方言，指腌制后晒干的虾仁干），那就算是开洋荤了。其余的钱，回家乖乖交给姆妈。

再后来打仗了，学徒也做不下去了，要吃饭，头一件，却连米都没有。阿爷叹气："哪像如今的孩子，饭不想吃了，还剩半碗扔下就跑了，看着好心疼。"那时候，米价使劲往上涨，今天一个价，明天又是一个价，老百姓根本吃不起。

但人是要活下去的，阿爷千方百计寻了一条路，能赚一点儿外快和全家的口粮，就是跟着跑单帮的运黑市米。但运米是极其凶险的，途中会经过一条封锁线，所谓的封锁线，就是市区和乡下之间的一条河浜，浜上只有一座桥，桥上设了卡，由"黄毛狗"看守。

"黄毛狗"我一直弄不清楚是什么，后来猜测可能是伪军。阿爷说起"黄毛狗"恨之入骨，特别激动，那个"狗"字，总是咬得重。

"黄毛狗"把持着封锁线上唯一的一座桥，要过桥，先验脸，认识的给点儿钱，也就放过去了；要是没钱孝敬，揪出来打一顿，米被抢走，那都是轻的。阿爷说，他亲眼见过一对小夫妻过桥，女的直接被拖走了，男的当场被打死扔进水浜里。

他们吓得魂不附体。

所以阿爷不敢从桥上走，他和同伴扎了很多捆稻草，在离桥远一些的地方做成一座浮桥，人就踩着浮桥过河。但浮桥本来就不稳，站住了，水能没过膝盖，要是站不住，就直接栽进河里。何况背米的大多是壮年男子，分量重，米也重，一个不慎，米掉进河浜里，捞都捞不上来，那就蚀死老本了。

时间长了，"黄毛狗"听说这里有座浮桥，就会过来巡视，阿爷他们听到风声，就急忙把米埋到土里跑掉，等"黄毛狗"走了再回来。

有一次，阿爷怕米被别人抢走，跑得不太远，于是被"黄毛狗"逮着了，米也被刨了出来，问："米是不是你的？"承认了就是一枪，于是阿爷咬死了说不是，还是逃不掉一顿毒打。枪架朝下，往脊背上砸，一下又一下，砸得浑身是血。

米没了，钱也没了，阿爷踉踉跄跄地回到家，姆妈急坏了，但哪儿有钱请大夫？姆妈花几个铜板买了两个烧饼，又用调羹刮街角贴地处的青苔绿藓，又脏又臭，夹进烧饼里让阿爷吃下去。

"这是土方，治伤的。"阿爷说。

"那多脏啊！怎么吃得下去啊？"我问。

"命都要没了，谁管脏不脏？"幸好他年纪小，才不过十来岁，硬是撑下来了。那个年代就是这样，小老百姓朝不保夕。

"后来呢？"我问。

"后来就去参军了。"阿爷轻飘飘的一句话。

也许，更苦更累的那些岁月，他反倒无从讲起了。

三

说起来，阿爷也是老革命了，但对我们来说，他就是一个普普通通的老人，会做木工，会修自来水笔，还会修脚踏车。阿爷是弄堂里的红人，谁家的桌腿瘸了，板凳坏了，都会找他来修，他不收钱。有那么多人需要他，他很高兴。

芋头小时候很调皮，一个没看住，就上房揭瓦下河摸鱼。那时候，公园里有个人工湖，臭烘烘的，芋头带我们挖了红蚯蚓从湖里钓小虾，卷起裤腿摸螺蛳。每次兴冲冲地拎着蛇皮袋回去，迎接他的，都是阿爷的鸡毛掸子。打一回折一回，打折了好几根，终于有一回，芋头把鸡毛掸子偷偷扔了，自以为天下太平了，没想到第二天睁开眼，阿爷举着晾衣服的竹竿满世界追着揍他。

阿爷给芋头立规矩，搬的都是做学徒时的那一套，吃饭不能挑，夹菜不准翻，只能吃面前的菜，不准吃摆得远的。芋头嫌阿爷不疼他："我家不是三代单传吗？应该捧在手心里才是啊。"芋头说，阿爷走的几个月前，他爸突发心脏病进了医院，他正好在加班，他妈给他打电话时，他在电话里听到一声尖锐的哭声，妈妈说："那是你爷爷在哭。"芋头吓坏了，他说从来没有听过阿爷哭，他那么要强的一个人，参军没哭，被毒打没哭，家里揭不开锅时也没哭，可是60多岁的儿子被救护车接走了，他哭得失控，像个孩子。爸爸在医院住了几个月，妈妈陪了几个月，芋头两边跑，给阿爷做饭，回单位上班。阿爷说："我自己能照顾自己，你忙你的。"可是，那时候阿爷已经走不了路了，眼睛也看不见了，耳朵也聋了。他烧水忘记关煤气，大小便失禁也不知道。有一次，芋头一个人洗了一晚上厕所，他没抱怨一句，却听到阿爷在房间里一遍又一遍内疚地叹："我没有用了，拖累别人。"

芋头说："我那个时候应该安慰他的，我应该告诉他，全家都很爱他，可是乱哄哄的，谁也没有顾上他。"

后来，芋头为他整理遗物，拉开抽屉，里面有芋头小时候用的玻璃镇纸、铁皮青蛙、飞行棋、卷笔刀，摆得整整齐齐，还有他从小到大的照片，从满月到读大学，被小心翼翼地压在玻璃板下面。抽屉里还有一些杂书，有些是芋头看过不要的，有些是旧书摊上淘的。有一本《黄仲则诗选》，很老的版本了，中间一页夹了一枚放大镜，那页上有一句诗下面划了条线，写的是"斫地莫哀终有别"。他以为这是阿爷的遗言，抱着书号啕大哭。他不懂他的孤独和寂寞，我们都不曾懂。

知了叫过夏天

李睫

我没有理由再去外婆家疯玩，每个依然有知了鸣叫的暑假，我都贡献给了书本。

美妙的叫声

20世纪80年代初是我最怀念的年代。那时我拥有肆意的童年时光，而记忆中，那些美妙的时光里，始终贯穿着知了清脆悦耳的鸣叫声。

我家住在大西北的一座小镇上，一到暑假，爸妈忙着去生产队挣工分，无暇照顾我，就把我送到十里外的外婆家。爸爸骑着家里唯一值钱的那辆破旧的凤凰牌二八自行车，我坐在车的横梁上。从车轮开始转动的那一刻起，我的心便轻快地飞了起来。自行车行驶在泛着光的柏油马路上，树冠巨大的梧桐为宽阔的马路覆上一层浓浓的绿荫，阳光透过树叶间的缝隙，在地上投下大大小小的光斑，藏在树叶里的知了一声声地鸣叫着。知了的叫声告诉我，疯狂的夏天来临了。

外婆在菜园子外面的绿荫下摇着蒲扇，有一搭没一搭地跟人聊着天气的炎热，地里的收成，圈里哪只小羊羔乖，哪只淘气得紧。我顾不上目送骑车离开的爸爸，欢快地跳进羊圈，抱过一只奶白色的小羊羔，把脸轻轻地贴在它柔顺的皮毛上。

夏天的夜晚总是姗姗来迟，等不到天黑，我和阿舅他们已经开始摩拳擦掌了。阿舅塞给我一个最小的铁皮桶，挑衅地问我："怎么样，你能装满吗？"

我爽快地说："看我的！"

我们浩浩荡荡地向着知了幼虫最多的三支渠出发。三支渠的两旁生长着两排高大的白杨树，一到晚上，俗称"知了猴"的知了幼虫就会破土而出，沿着树干悄无声息地往上爬。

那时候的乡村，没有路灯，我们常常是摸黑干活。如果有月光照着，能一逮一个准；不过，没有月光也不碍事，摸黑更能显出水平的高低。

晚上出来捉知了猴的人可不止我们几个，所以一定要眼疾手快。

我人虽小，却跑得比谁都快，手也快，不一会儿，就捉了小半桶。被俘虏的知了猴挤在铁皮桶里，全然不知它们过了今夜，就会变成我们餐桌上的美味。带着战利品回到家，四姨把知了猴倒进大盆里用水清洗几遍，然后撒上一大把盐巴，满足地说："好嘞，睡觉。"

难忘的美味

第二天我从土炕上爬起来，脸都顾不上洗一把，先跑到厨房里看那些知了猴。这个时候，阿舅他们已经去上工了，外婆在土灶里填满柴火，踮着小脚往大铁锅里倒点儿油，刺啦一声，被盐腌渍过的知了猴被一股脑儿地倒进了油锅里。外婆用大铁铲翻炒几下，便有香味钻进鼻孔，我猛吸一口，口水都要流下来了。

等到阿舅他们下早工回来，那张矮木桌上已经摆上了最简单的稀饭、青菜、馒头，唯一特别的就是炸得黄灿灿的知了猴。被热油炸过的知了猴，后背的蝉衣爆裂开来，露出里面肥美的"腰身"。记得第一次吃时，我心急火燎地把一只丢进嘴巴里，囫囵吞下肚，没尝到味道，被阿舅笑话了半天。他拿起一只说："这样吃，瞧。"他把知了猴裂开的蝉衣剥掉，慢吞吞地掰开，专拣腰身最肥美的那块肉吃。外婆骂他，说他浪费。也是，那时候家家户户一年到头也吃不上几回肉，能吃到这么鲜美的食物，当然不能浪费一丝一毫。

有时候，我会跟着阿舅他们下地。他们干活，我就在一边玩，田边的杨树上，总有知了在拼命地鸣叫，抱着树干摇一下，会惊走几只，可是过不了一分钟，它们便又在枝叶间歌唱，此起彼伏。

听着听着，人就醉了，醉在那美妙的夏日光阴里。

长大后，为了圆大学梦，我就像鞭子下的陀螺，不停旋转。我没有理由再去外婆家疯玩，每个依然有知了鸣叫的暑假，我都贡献给了书本。

工作后某次回家休假，我忙着在手机上处理一些工作，偶然抬头，看见妈蹲在院子里那块没铺瓷砖的地方出神，我走过去，问她："妈，您干吗呢？"

妈示意我别说话，我蹲下身，看见她正在用一根小木棍拨开一片泥土，天哪，土盖子下面的洞穴里，有一只知了猴正小心翼翼地往外爬。妈用小棍子去挑，它惊了一下，赶快缩了回去，拨弄了半天，总算把那只笨笨的知了猴抓住了。

妈如获至宝般兴奋，拿去厨房用油炸了，又唯恐被人抢去似的，护着盘子端到我面前："囡囡，快尝尝，你有好多年没吃过这个了，看味道怎么样？"

我吃下去，竟觉无味，却仍对妈点点头："嗯，香。"妈满足地笑了。

可真的不是以前的味道，不是记忆中的美味了。

逝去的夏天

再后来，我有了孩子，为了让孩子多得到一点儿童年的乐趣，我曾带着他去林间寻找知了的踪迹。也找到过几次，知了在树杈上疯狂鸣叫，我万般欣喜地跟孩子讲："你想不想捉一只知了？"孩子懵懵地摇摇头，似乎对我的提议不感兴趣，我执意要去抓，孩子不解地说："没意思，快回去吧，我半个小时后还要上钢琴课。"悻悻而归，我心里失落得要命。也曾费尽心思从农户手里买回一些腌渍好的知了猴，用最好的植物油炸过，放在孩子面前，满心期盼得到他的肯定，他却推开盘子，说："这是什么？怪吓人的，我要吃西冷牛排。"那一刻，我有点儿无语，我童年时最喜欢的美味，怎么在他的眼里竟一文不值？我的孩子很忙，小小年纪背着山一样重的书包奔走于学校与家之间，还要利用所有的课余时间练钢琴，学奥数、英语……他几乎没有玩的时间。有时候，我看到他那么小就要背负那么多，觉得孩子很辛苦，却很少扪心自问，其实这一切的始作俑者是我们大人。我们不愿意让自己的孩子输在起跑线上，我们不怕花钱，我们苦口婆心地告诉孩子，这一切都是为他好，为了他以后能够出人头地，好在社会这座钢铁森林中立于不败之地。

当我的孩子伏案疾书的时候，窗外偶然会有一只知了躲藏在树叶间不停地歌唱，而在我曾经听来最为美妙的声音，竟被他视作聒噪。

"妈，关上窗子吧，吵死了。"

我走过去将窗子关上，知了的鸣叫被我关在外面。我想起那些遥远得像烟一样的日子，那些日子很美，傍晚的天幽蓝而深远，大朵大朵的白云纯洁无瑕，风在轻轻地吹，季节也在悄悄变换。春天的花开出满树满枝的缤纷，又谢了一地的璀璨。布谷鸟轻快地叫着从天空飞过，不留一点儿痕迹。知了拼命地歌唱，歌唱夏天。

我在心里叹息一声，那样美好的夏天，竟一去不复返了。

幸福可以用耳朵去寻找

谢胜瑜

不要哭，不要被人可怜。如果你想过上好日子，就要比别人多吃苦，因为你看不见。

厄运发生在陈燕3岁那年。医生告诉她的父母说陈燕患有白内障，即使做了手术，视力也达不到0.1。于是，父母决定抛弃她。是姥姥抱起了陈燕，并花钱给她做了手术，手术之后，陈燕的右眼完全失明，左眼也只能看到1米以内东西的模糊影子。

她一次次地撞到墙上、树上，跌倒在地上、沟边。但姥姥从不扶她，而是厉声让她自己爬起来。姥姥对她说："不要哭，不要被人可怜。如果你想过上好日子，就要比别人多吃苦，因为你看不见。"姥姥还对她说："你没有眼睛，但你还有耳朵。你可以用你的耳朵听出东西的模样。"

为了锻炼陈燕耳朵的"眼力"，姥姥找来壹角、伍分、贰分和壹分的硬币，抛在地面上，让她辨识它们掉落在地面上的声音的细微差别。千百遍之后，等陈燕终于用耳朵听见了它们各自的"模样"时，她已经5岁了。5岁的陈燕，凭借一双耳朵的"眼力"，可以在屋里屋外自由活动。但姥姥似乎忘了她是一个"瞎子"，竟然吩咐她过马路去买酱油、买盐。马路上人来车往，多危险啊！可姥姥不管，说："不要认为自己是瞎子。不要拿棍子探路，更不要拿棍子去乞讨。"

她摔倒，她哭泣，她遭人欺负……这种时候，姥姥从来没有出现过。每一次，她从外面回来诉说委屈，姥姥都毫不怜惜，说："没有人可以做你的眼睛，你的路只能用你的脚去走。"

　　姥姥去世的时候，陈燕已是大姑娘了。握着陈燕的手，姥姥表达了三个心愿：一是找到一份自立的工作，二是成个家，三是买套属于自己的房子。最后，姥姥告诉她："燕儿，你从小到现在，无论走到哪儿，姥姥都跟在你后面，从来没有离开过你。你摔跤，我在后面哭；你在前面走，我在后面提着一颗心；你被人欺负，我暗自伤心……"

　　奔涌的泪冲掉了所有的委屈，在陈燕的内心，只留下感激。因为姥姥的"无情"，陈燕早就不再是"瞎子"，她去上盲人学校，去学跆拳道，学开卡丁车、滑旱冰，甚至学深水游泳，没有一样不成功。更难得的是，就在陈燕快从盲人学校毕业的时候，她考上了钢琴调律师专业，成了中国学习钢琴调律的第一批盲人学生。一架钢琴有八千多个零件，调律师要把这些零件拆装自如。这时候，她从小练就的听力起了作用，找部件，听音准，她总是最快最准的。以至于她上门求职，帮一家琴行调好了一架钢琴，对方居然都没看出她是一个"瞎子"……

　　2002年底，钢琴调律技术娴熟的她开通了中国第一家钢琴调律网站和钢琴公益咨询热线。从此，她白天摸索着外出给人调琴，晚上回家接听热线。2003年，她终于把姥姥生前的三个愿望悉数完成：有了一份收入不错的工作，成了家，还买了一套大大的房子。

其实幸福生活就摆在我们每个人面前。关键是，当你的眼睛看不见它的时候，你会不会想到并相信，你还可以用耳朵去把它找回来！